小学館文庫

利他
人は人のために生きる

瀬戸内寂聴
稲盛和夫

小学館

利他　人は人のために生きる　目次

第一章

第一章

なぜ、いい人ほど不幸になるのか

——どんな悪い世の中もいずれ変わる——

【逆説の人生観】

「小善は大悪に似たり」「大善は非情に似たり」

「代受苦」——犠牲者は我々の苦しみを引き受けてくれた

借金で自殺するぐらいなら踏み倒す「不真面目のすすめ」

先に死んでいく者には、生き残る人への「義務」がある

戦災孤児の〝かっぱらい精神〟にバイタリティを学ぶ

「生生流転」「諸行無常」——絶望から立ち直る知恵

第三章

第四章

【新・日本人論】

日本を変えよう、今

――「小欲知足」と「慈悲」を忘れた日本人へ――

第五章

【「利他」の実践】

人はなぜ「働く」のか
――〝誰かのために尽くす〟ことが心を高める――

まえがき

京セラ名誉会長
稲盛和夫

瀬戸内寂聴さんと出版に向けて対談させていただくのは、一九九九年に上梓《じょうし》した『日本復活』（中央公論新社刊）で、中坊公平さんともども、京セラのゲストハウスで鼎《てい》談《だん》をさせていただいて以来のことである。

歩んできた分野こそ違え、奇しくも全員が濃密な人生を生き、僧籍を有しているという、不思議な縁で結ばれた三人であったが、談論風発、大いに議論は弾《はず》んだ。

話題は、出家秘話から喧嘩作法、病気とのつきあい方、さらには日本の政治や経済、環境問題の行く末に至るまで、様々なテーマについて、まさに縦横無尽に語り合った。そして、その広範な話題の中心には、いつも寂聴さんがいらっしゃった。また、そのお話のすべてが含蓄に満ちてもいた。

それは、寂聴さんのお話が、「人間」への深い洞察から生まれたものであり、さらにはその根底に人間への温かい愛と思いやりが満ちているからだと考えている。だからこそ、寂聴さんの法話は感動を呼び、老若男女、数多くの人々を導いていくことができるのであろう。

この『利他 人は人のために生きる』の出版は、二〇〇九年暮れに行なった『週刊ポスト』での寂聴さんとの対談が好評で、「ぜひ単行本を」との声があがり実現したもので、二〇一一年夏に京都で行なった対談を加え、本書は構成されている。

東日本大震災の記憶が未だ鮮明な時期であったことから、二度目の対談は、必然的に震災関連の話題に集中した。しかし、大震災を意識し、付け焼き刃で、本書のタイトルを「利他」にしたわけではない。

このたびの対談も、寂聴さんのリードで、「人間として、いかに生きるべきか」ということを基軸として進行した。そんな二人が語る着地点が、まさに「利他 人は人のために生きる」ということであった。いや、われわれ二人、歩んできた道は違えど、それぞれ懸命に生きてきた、その人生の帰結点が、自ずから「利他」ということであったのだろう。

合わせて百七十歳に近い二人の対談ではあるが、日本の未来を担う若い人たちに、ぜひ読んでいただきたい。人間というものに対する、われわれなりの考察から語り尽くしたメッセージが、一人でも多くの読者に届き、一人一人の人生を、またこの社会をよりよきものにする一助となることを願ってやまない。

最後に、本書刊行に向けて、強い「思い」と熱い「志」をもって臨み、編集「手腕」をいかんなく発揮していただいた、小学館ポスト・セブン編集局の関哲雄氏に深甚なる謝意を申し上げ、まえがきの結びとしたい。

二〇一一年十一月四日、錦繍の衣をまとい始めた京都にて

第一章

今こそ、勇気を

――「千年に一度」の悲しみを乗り越える法――

【震災を経験して】

二〇一一年三月十一日、東北および北関東地方を
「千年に一度」と言われる巨大地震と大津波が襲った。
災害による死者・行方不明者は二万人近くに及んだ。
まさに未だかつて経験したことのない
厳しい試練を受けた日本人は
この絶望からどう立ち直っていけばよいのか——。

半年間〝寝たきり〟になってわかったこと

瀬戸内　お久しぶりですね。今日は、稲盛さんにいろいろお聞きしたい話があって、楽しみにうかがったんですよ。

稲盛　ありがとうございます。寂聴さんも、お元気そうですね。しかし、昨年（二〇一〇年）は、腰を悪くされたと聞きましたが。

瀬戸内　そうなんです。昨年の秋からずっと寝たきりだったんですよ。ある日突然、腰がぎくっと痛くなって……それが昨年の十月二十八日で、東京で痛くなったんですが、それでも我慢して、二日間続けて講演に行ったんですよ。それがまた、いけなかったらしくて。医者に診てもらったら、脊髄《せきずい》の圧迫骨折だと診断されて、そこから半年間、ずっとベッドで寝たままになったんです。

　とにかく、動くと痛いから何もできないでしょう？　本も重くて、読めない。もちろん原稿なんか書けないし、新聞やテレビだって満足に見られない。一番困ったのは、自分の足で歩けないから、トイレにも行かれないんですね。顔も洗えない、歯も磨けない、ご飯もベッドに持ってきてもらう……ずっとそんな状態だったんです。ただ幸いなことに、食欲だけは落ちなかったんですよ。それで、なんとか体力がもったんですね。

それでも、これはいよいよ駄目かと思いましてね。私、今年の五月で満八十九歳、数えではもう九十歳だから、今年、卒寿になってます。この歳で寝込んだら、普通は寝たきりになってしまうでしょう？　だから、もう駄目かと思って、ベッドに横になったままで、葬式はどうしようかとか、葬儀委員長を誰に頼もうかとか、そんなことをずうっと考えていたんです（笑い）。

稲盛　それはそれは、大変だったんですね。では、三月十一日の大震災の時はまだ……。

瀬戸内　ずうっとベッドにしばりつけられていました。だから、正直、揺れたこともわからなかったんですよ。翌朝になって、テレビをつけたら、もう、ものすごいことになっていたでしょう？　それで、びっくり仰天。

だいたい、今まで私は、こういう大きな災害が起きると、じいっとしていたことがないんですよ。日本でも外国でも、とにかくその翌日か、翌々日には有り金を全部持って、現地へ駆けつけるんです。新潟中越地震の時もそうだし、雲仙普賢岳の噴火の時もそう。阪神・淡路大震災では、道路を通れなかったから、京都から歩いて行きました。イラクの戦争にだって行きましたからね。

行って、何ができるわけでもありません。とにかく現場を訪ねて、そこにいる人たちの手を握って、背中をさすってあげて、みんなの話に耳を傾ける……私にできるのはその程度のことですが、いつも必ずそうやっていたのです。

だから、今度の大震災でも、これはすぐに行かなきゃと思ったんですけれども、足が立たない。目の前で大災害が起きているのに、自分では何もできない。そんなことは初めての経験で、今回はほんとうにつらかったですね。やっぱり、人間は体が丈夫でなければいけないんだと、生まれて初めて痛感したんですよ。

それと同時に、自分が動けないものだから、被災地にも同じように足や腰を悪くして、動けない人がいっぱいいただろうなあ、とも思った。そして、そういう人たちは、地震や津波が来た時に、いったいどうやって逃げたんだろうと、そんなことも考えて、ますます自分が現地に行けないつらさが身に染みたんです。

稲盛　被災地には、寂聴さんのお言葉を待っている方もたくさんいらっしゃったのではないですか？

瀬戸内　地震の直後から、マスコミや被災地の関係者の方々から「寂聴さんの慰めの言葉か文章をもらえませんか」という依頼を、たくさんいただきました。でも、腰が痛くて動けないとは言っても、私はまだ、暖かい布団で寝て、お風呂にも入れてもらって、温かいご飯を食べられるわけです。そんな自分が、避難所で寒くてひもじい思いをしている被災者の方々に向かって「頑張ってください」なんて、とても言えませんよね。だから、しばらくはそうした依頼を断わっていたんです。

ところが、その後、福島原発のことがどんどん大きな問題になっていったでしょう？建物が爆発して、放射能が漏れて、またもう一回爆発しそうだとか言って……。それでもう、寝てなんかいられない。地震にはびっくりしましたし、大津波もショックでしたけど、地震も津波も「天災」でしょう？　天災っていうのは、天が起こすんですから、これは仕方がない面がある。だけど、原発事故は「人災」です。戦争とおんなじです。人災は人間が起こすんですから、止めることができる。だからもう原発はやめなきゃいけないと思いましたね。そういうことをとっさに考えました。それで、これはやっぱり私がなんとかしなきゃいけないと思っているうちに、ふと気がついたら私、ベッドからすべり下りて、自分の足で立っていたんです。

稲盛　それはすごいですね（笑い）。

瀬戸内　こういうのを、「原発ショック立ち」っていうんですよ（笑い）。だって、もし日本が全部、原発のせいで駄目になったらどうなりますか。これはもう、いつまでも寝ていられないと思って、それからどんどん足腰が良くなっていったんです。

稲盛　寂聴さんの精神力もすごいんだと思いますが、震災をきっかけにして、気持ちをしっかり持ち直して、寝たきりの状態から回復されたというのは、とても印象深いお話ですね。

終戦直後と同じ、逆境を乗り越えるのは強い心

稲盛　私は、あの三月十一日は、ちょうど京都賞なども運営している稲盛財団の仕事がありまして、京都の財団の事務所におりました。京都も、ものすごく揺れましたから、これはもうただ事ではないと思いました。相当大きな地震なのだろうと思いましたが、会議や打ち合わせが続いたので、ニュースを見ている時間がありませんでした。

だから、まさかその後に、あんなに大きな津波が東北地方を襲っていたとは思いもよらず、夜帰宅してから、テレビの映像を見て驚いた次第です。

と同時に、これはこの先、日本経済は大変なことになるだろうと感じました。もともと日本経済は「失われた二十年」と言われるように、ここ二十年ほどずっと低迷しておりました。ようやく、このところ日本企業の業績にも、少しずつ明るい兆しが見えてきていて、日本人全体の気持ちも少し前向きになってきていたところもあったのではないかと思います。そこへ来て、こういう大災害が起きると、日本人全体が意気消沈して、この先どうすればいいのか、途方に暮れてしまうのではないかと大変心配になったんです。

瀬戸内　今度の大震災の被害の大きさを、終戦直後の日本と比較した報道もたくさんありましたね。

稲盛　そうですね。テレビで瓦礫《がれき》だらけの被災地の悲惨な光景を見るたびに、終戦直後の日本の焦土と重なって見えました。そして、被災者の方々をほんとうに気の毒に思うと同時に、この大きな逆境を乗り越えていくためには、やっぱり戦後の日本人が持っていたのと同じような「気力」、なんとしてでも立ち直るんだという「ガッツ」

を取り戻すしかないんじゃないかという思いを強くしました。

　私は、中学一年生で終戦を迎えました。最後まで残っていた自分の家も、終戦の三日ほど前に米軍の艦載機による空襲で全部焼けてしまい、当時うちの家族が住んでいた鹿児島市内は一面の焼け野原でした。幸いなことに、我が家は両親も兄妹もみんな命だけは助かりましたので、もう何もない状態から掘っ立て小屋を建てて、大人も子供もみんな必死に生きました。

　敗戦で、政府すらまともに機能していないし、支援物資も食糧もなんにもなかった。そんな状況でしたから、大人たちは自力で家族を守って生きていかなければならなかったんです。また、私も含め、子供たちも何でもやりましたよ。親と一緒に密造酒を造り、それを闇市に売りに行くのは、子供である私の役割でした。

　そういった経験があるものですから、人間の心、人間の気力というのは相当に強いもので、逆境になればなるほど何とかして生きていこうとするんじゃないか、とも思えるんですね。ですから、今回大変な被害に遭《あ》われた被災地の方々には、酷《こく》な言い方に聞こえるかもしれませんが、やはり逆境を乗り越えるのは、人の「心」、「気力」なのではないかと言いたいんです。

瀬戸内　ただ、絶望の真っ只中にいる人に、いくら「頑張って」「元気を出して」と言っても、かえって負担になるだけですよ。結局、他人には、相手の気持ちを救う力なんてないんですよ。周囲の人間はただ、被災者のつらさを思いやって、その相手の声に耳を傾けてあげることぐらいしかできないんじゃないかと思います。そうやっていつか、被災者の人たちが「もう一度、自分たちで頑張って生きていくしかない」と思えるようになるかどうか……。最後は、やっぱり一人一人の気持ちの問題になりますね。

稲盛　おっしゃる通りです。戦後の焦土の中で、我々に残されたものは、ただ「志」と「情熱」だけでした。でもそれが、戦後復興の原動力になったんです。焼け野原で立ちあがって生きていこうとする気持ち、消失した自分の家や工場をなんとか再建したいという強烈な思い——。その中から、日本人ならではの創意工夫が生まれ、世界に認められるようになっていったのです。「なんとしてでも生きぬいていく」「このままでは絶対に終わらない」という強い熱意や意志が、復興には必要だと思います。

一方で、被災地以外に暮らす我々は、被災者がそういう前向きな気持ちになれるように、自分たちには何ができるのかということを真剣に考える必要がありますね。

〝第二の故郷〟東北人の強さを信じる

瀬戸内　それに私は、東北の人たちなら、この逆境もきっと乗り越えていけるんじゃないかと信じています。

私は、二十数年前に岩手県二戸《にのへ》市にある天台寺というお寺の住職になりました。そもそも私が得度したのが、先日「世界文化遺産」に登録された平泉の中尊寺ですから、東北とはもう何十年ものつきあいです。

私は生まれが徳島で、その後は長く京都にお世話になっていますが、東北・岩手にもそうした深い仏縁があって、ずっと通っています。だから、もともとの故郷は徳島ですけど、東北は出家してからの「第二の故郷」なんです。

天台寺は、二十年かけて寺を再建して、今から六年前に住職を人に譲って、今は名誉住職という肩書だけになっています。だから、ほんとうは、そんなにしょっちゅう行かなくてもいいんですけど、今でも私が年に最低四回は行かないと天台寺がすたれてしまうというので、ずっと天台寺で「青空説法」をしています。それが、今年は腰が痛くて行けなかったんですけれども、さっき言った「原発ショック立ち」でもって、だんだん動けるようになったので、震災後初めて、六月に天台寺に行って、その足で野田村や宮古市など三陸の被災地を回ってきました。その後、九月と十月にも説法に行ってきましたし、被災地も訪ねてきました。

稲盛　天台寺のほうは、地震の被害はなかったのですか。

瀬戸内　はい、これはもう本堂はつぶれてるかと思ったのですが、なんとか無事でした。ほんとうはあの地震でつぶれてほしかったんですけどね（笑い）。実は本堂の建物は腐りかけていて、もうボロボロなんです。それで、ちょうど今、本堂を建て直そうとしているんですが、今のところは国が費用の八割を出してくれて、あとの二割は我々がお金を出してということになっているんですけど、もし地震で倒れたら、国が全部負担してやってくれるでしょう？　だから、倒れてくれ、つぶれてくれって、心

東日本大震災で津波の被害を受けた岩手県野田村を訪れた瀬戸内氏。終戦直後の焼け跡のような寒々しい光景が広がる。

の中で思っていたんです（笑い）。

まあ、それは冗談ですが、ぐらぐらっと揺れた後、ぱっと揺れが止まったんですって。それで、お堂の中に入ってみたら、仏様は全部ちゃんと立っているし、なんにも壊れていなかった。昔の建築で、揺れに強い構造が幸いしたようです。天台寺のある浄法寺町という町も、あまり大きな被害はなかったんですが、海沿いの三陸の町が大変な被害に遭って……。あの一帯は、私が住職をしていたころから、ずっと法話に呼ばれたりして、ほとんどの町に行っているんですよ。どの町も静かな、いい土地だったのに、それがもうみんな津波でやられてしまったでしょう？　だから津波が去った後、その景色がすっかり変わってしまったことに、愕然《がくぜん》としましたね。胸がつぶれる思いでした。

それでも、東北の人たちと数十年つきあってわかったのは、東北の人たちというのは、ほんとうに忍耐強いということです。それに、なにより勤勉ですね。それは昔からこの地方は、飢饉《ききん》だなんだって非常に厳しい環境の土地柄だったでしょう？　だから、みんな災害で何度もひどい目に遭っているんですよ。それで、飢饉になったりすると、娘を売ったり奥さんを売ったりするしかない。だから、吉原の花魁《おいらん》の中には東北出身の人が多かったっていうんですよね。でも、東北は訛《なま》りが強くて、しゃべったら言葉がわからないでしょう？　それで、お客が来ても、何を言っているのかわからないのは困るから、あの「……でありんす」という廓《くるわ》の言葉、吉原語というのをつくったというんですよ。

私も、東北に通い始めた最初のころは、まるで外国に行ったみたいで、地元の人たちが何をしゃべっているのかわからなかったんです。なんだかわからないけど「んだ、んだ」って言うだけで。それで、よくよく聞いてみると、どうやら、私の悪口を言ってるのね（笑い）。「京都からばあさんの尼《あま》が来たらしいけど、京都の寺で食い詰めて、賽銭《さいせん》泥棒に来たんだべ」なんて言ってる。なぜか、そういう悪口だけはわかるのね（笑い）。

でも、飢饉になったら娘を売ったりするでしょう？　だから、よそから人が来ると、娘を取りに来た、女房を取りに来たと思うのね。それで、非常に排他的なんです。そんなふうですから、言葉は通じないし、なかなかすぐには仲良くなれない。それでも、ずっと通い続けて、いったん何かの拍子で打ち解けてお互いのことがわかってくると、もうほんとに東北の人たちというのは心が温かいんです。口数は少ないけど、胸の内はすごく温かい。純情だし、絶対に人を裏切らないですよ、仲良くなればね。そういう心の温かい人たちだからこそ、今度の震災も、なんとか助け合って、乗り切ってほしいと思いますね。

稲盛　たしかに環境が人間に与える影響というのは大きいですね。

瀬戸内　ええ。私が生まれた徳島なんて、暖かくて、生活も楽だから、「えらやっちゃえらやっちゃ」って阿波踊りばっかり踊っているでしょう（笑い）。忍耐力がないんですね。東北の人たちは辛抱強いから、その力で盛り返してくれるだろうと思います。

神様から顔をはたかれたような気がした

瀬戸内　日本の経済全体の心配もありますが、去年、稲盛さんが会長を引き受けられた日本航空（ＪＡＬ）も、今度の震災で、大きな被害を受けたのではないですか？

稲盛　そうですね。震災が起きた今年の三月というのは、ちょうどその再建の一つの節目となる時期でもあったんです。

ＪＡＬは、昨年初めに巨額の赤字を出して倒産し、会社更生法のもと再建を目指したわけですが、ＪＡＬのような大きな会社が二次破綻《はたん》しますと、日本経済全体に大きなマイナスの影響を及ぼします。ですから、なんとかそれを避けようと思って、一年かけて、事業の立て直しと社員の意識改革に取り組んできました。希望退職で一万六千人の社員の方に辞めてもらって、残った三万二千人の社員と一緒に、必死に頑張ってきたわけなんです。

それで、ようやく明るい見通しが出せそうだと思っていた矢先に、今度の震災が起きてしまった。社員たちだけではなく、被災地にあった空港や、関連企業の方々にも大きな被害が出ました。航空事業というのは、もともとイベントリスク（自然災害やテロなどの予期できない出来事による危険性）が高く、景気の変動などにも左右されがちだと聞いておりましたが、せっかく地道な努力を積み重ねてきて、ようやく暗闇から脱け出せそうだと思ったところで震災を受けて……。なんだか、神様から顔をはたかれたような気持ちになりました。

瀬戸内　神様は、時に、理不尽なことをするものですね。

稲盛　三月末の決算では千八百億円を超える過去最高益を計上することができたのですが、その後はもうぱったりと国内旅行のお客様の足は止まるし、さらに福島原発事故で放射能汚染の問題が起きて海外からのお客様も激減。国内線も国際線も駄目で、四月はもうみるみるうちに赤字になってしまいました。自然と言ってもいいし、神様と言ってもいいのでしょうが、ほんとうに、これでもかこれでもかというぐらい試練を与えるものなのだと思って、正直、言葉を失いました。

それでも、ＪＡＬの社員たちには、くよくよしていても仕方がない。とにかくもう一回、みんなで頑張ってやり直そうじゃないかと声をかけました。そうは言っても、震災で飛行機を利用しなくなったお客様はすぐには帰ってこないので、あとは経費を減らすしかない。各部署でそれぞれ必死に頑張りまして、五月はなんとか黒字に転換し、六月以降の業績もだいぶ良くなってきています。

瀬戸内　それにしても、稲盛さんの場合、日航の会長職は頼まれて仕方なく引き受けた仕事でしょう？　それで一年間必死に頑張ってきて、やっと肩の荷が軽くなりそうだと思っていたところに今度、自然災害にやられたでしょう？　その徒労感というのは、大変なものだと思いますよ。

稲盛　被災者の方々のご苦労に比べたら、我々の苦労など大したことではないんです。それでも、ＪＡＬはちょうど一年前に倒産いたしまして、社員全員が深い挫折を経験して、精神的にもショックを受けました。それから、再起を賭けて、協力企業や銀行、そして国や企業再生支援機構の支援を受けながらも、自分たちが変わり、自分たちが人一倍苦労することで、なんとか立ち直ろうと懸命に努めてきた。その再建の経験かちすれば、やっぱり最後は「なんとしてでも自力で立とう」「自分たちで会社を変えていこう」という気力、気持ちの問題が大事なんではないかと、今は思っているんです。

だから、今度の震災からの復興にしても、もちろん国や政府、自治体の支援は必要不可欠ですし、新たに予算を組んだり、必要に応じて法律を変えたりといったことで復旧・復興作業をどんどん進めていくべきだと思います。それによって、復興計画の推進を目標よりもぐっと押し上げていく必要があるでしょう。でも、最終的には、被災者の方々が自分たちで立ち直っていこうという気力が鍵になるんじゃないかと思います。

瀬戸内　そうですね。病気や怪我だって、どんなにいい医者がいても、いい薬があっても、やっぱり最後は治ろうっていう気力がないといけませんからね。

「人間の想像力などたかが知れている」という自戒

稲盛　私の場合は、寂聴さんのように被災地を回ったり、人々を元気づけるような立派な法話をしたりといったことができません。寂聴さんは天台寺や寂庵での法話を含めて、実に多くの方々にお釈迦様の教えを説法して、じかに元気づけておられますけれども、そういうことをほんとにもっともっとやっていただいたほうが、みんなが元気になって、世の中がよくなると思いますね。

瀬戸内　私は、法話ではいつも一つのことしか言っていないんですよ。それは、「思いやりの大切さ」ということです。思いやりというのは結局、「想像力」なんです。想像力で相手を思いやり、想像力で相手のつらさを理解して、想像力で相手を助けようとする。つまり、「想像力イコール思いやりイコール愛」だと思うんですね。

そして、もともと想像力というのは、みんな生まれた時に同じように持っているんです。そういう能力を神様からもらってきているんですよ。だけどそれは、生きているあいだに、どんどん育つ人と、だんだん失われていく人がいるんですね。で、どうやったら想像力が育つかと言えば、一番いいのは本を読むこと。何も私が書いた本を買って読めとは言ってませんよ（笑い）。とにかくどんな本でもいいから読みましょうねって言っているんです。そうすると、想像力ができて、自分以外の人がどう思っているかとか、何かに悩んでいるらしいとか、わかってくるでしょう？　そうすると、あの人は何だか嫌な顔をしているけど、どこか痛いんじゃないかとか、そういうことがわかるじゃないですか。それが「思いやり」ということですよね。思いやりは愛です。

でも、今回の震災でつくづく思ったのは、そういう私の考えも甘かったのではないかということです。

これまでも私は、ずうっと想像力の大切さを説いてきました。そもそも、想像力がなければ作家は小説なんか書けないですしね。でも今回、自分が経験してわかったことは、そんな自分の想像力なんて、たかが知れているということです。人は、もっともっと想像力を鍛えなければいけません。

私は、八十八歳まではほんとに健康で、腰なんかちっとも痛くならなかったんです。さっささっさと早足で歩くのが自慢だったぐらいですから（笑い）。それでも、寂庵や天台寺で法話をすると、腰の痛い人がいっぱい来るものですから、腰が痛いと言う人には、「ああ大変ですね。さぞかし痛いんでしょうね。お大事になさってくださいね」なんて言いながら、腰をさすってあげたりしていたんです。でも今度、自分が腰を痛めて動けなくなって初めて、自分は相手のほんとうの痛みがわかっていなかったんだということに気がつきました。ああ、あの時に皆さんが感じていたのはこんな痛さだったのか、私が想像していた痛みなんかよりもっと何倍もつらかったのかと、つくづく思い知らされたんです。やっぱり、自分が経験していない痛みとか苦しみというものは、どこまでいってもわからないものなんですよ。

あるいは、私や稲盛さんは、戦争を経験していますよね？　私たちが時々、若い人たちに向かって、戦争の時はこうだった、あんなにひどい目に遭う戦争はもうやめましょう、と一生懸命に言うでしょう？　でも、戦争を経験していない人は、ちゃんと耳を傾けて聞いているように見えても、ほんとうのところはわかっていない。若い人が不真面目だとか、理解力がないとか、そういうことじゃないんです。やっぱり、自分が経験していないことだから、わからないんですよ、それは。自分の腰が痛くて動けなくなって、自分でつらさを経験してみて、やっとそれがよくわかりました。ああ、自分の想像力なんか知れてるなと。
　失恋した人の悲しみは、失恋しないとわからないでしょう？　貧乏をしたことのない人には、貧乏人のつらさはわからない。飢えたことのない人は、飢えた人の悲しさなんて理解できません。でも、簡単にはわからないからこそ、もっともっと想像力を使って、相手を思いやろうとしないといけないんです。「相手のつらさを全部、想像力で理解することなんてできない」と自戒しながら、それでも、ちょっとずつ、そのつらさを理解しようと思うことが大事なんです。
　ところで、稲盛さんは、今まで自分でつくった会社の社員の首を切ったことなんてあったんですか？

稲盛　いえ、ないです。どんなに苦しい時でも、リストラはしていません。

瀬戸内　それもやっぱり愛なんですよ。想像力ですね。その人の首を切ったら、家族を含めて五人ぐらいの人の首を切ることになる。戦争を経験しているから、奥さんや子供たちがどんな苦労をするかが想像できるんですね。だから、えいっと簡単にはできないの。それが愛です。思いやりですよ。
　そんな稲盛さんでも、ＪＡＬの場合のように、どうしても首を切らなきゃならない時があるわけでしょう？　それこそ、大変だっただろうと心中お察しします。

稲盛　リストラされた後の社員のことを考えると、それはほんとうに最後の最後の手段だと思いますからね。でも、たしかに寂聴さんがおっしゃるように、自分の想像力には限界があると自戒して、少しでも他を思いやろうと努めていくことが、大事なことかもしれませんね。

【逆説の人生観】

第二章

なぜ、いい人ほど不幸になるのか

――どんな悪い世の中もいずれ変わる――

大きな災害に遭遇するたびに、誰しも抱く疑問がある――

「なぜ、真面目でいい人たちが、こんな不幸に見舞われるのか？」。

今度の東日本大震災でも、同じことが繰り返された。

これほど理不尽なことはない。

共に得度した仏教者である二人は、この問いに、

どんな答えを見いだすのか。

「小善は大悪に似たり」「大善は非情に似たり」

稲盛　今回の震災では、地震と津波によって二万人近い方々が亡くなったり、行方不明になられています。生き残った方たちにしても、その多くが肉親や親しい友人・知人を亡くされました。両親ともに亡くなってしまって、孤児になったお子さんもたくさんいます。寂聴さんがいつもおっしゃっているように、この世は「諸行無常《しょぎょうむじょう》」で、いつ何時、天変地異というものが襲ってくるかもしれないですから、それはもう、いい人も悪い人も関係なく、みんながそういうつらい目に遭うんですね。これは、まったく理不尽としか言いようのないことで、「なぜあんなにいい人が、こんな無残な死に方をしなくてはいけないのか」「今まで地道に、一生懸命生きてきたのに、なんでこんな不幸な目に遭わなくてはいけないのか」と問われた時に、納得のいく答えはなかなか見つかりません。今回の震災で、肉親や親しい人を亡くされた方たちに対しても、慰めようがないんですね。

瀬戸内　ないですね。私たちにできることは、話を聞いて、一緒に泣いてあげることぐらいですよ。

稲盛　慰めようはないんですけれども、亡くなられた方というのは、もうこの世には戻っては来られません。誠に酷な言い方ですが、それはしようがないことだと思うんです。

でも、犠牲者の方々はみんな、亡くなられた時は、大変苦しくて悲惨な目に遭われたかもしれませんが、今はもうあの世で、阿弥陀如来《あみだにょらい》様の懐《ふところ》で、しっかりと受けとめていただいているのです。ですから、生き残った我々も、もう悲しんだり憐れんだりしなくても大丈夫なんだということを、なんとかお伝えしたいんですね。

また、生き残った方の中には、自分だけが生き残ってしまったことに自責の念を抱いていらっしゃる方もいるようです。でも、今回のような大惨事で生き残ったのは、生き残る必然のようなものがあって、生かされたとしか思えないんです。ですから、いつまでもめそめそしていたのでは、せっかく生かしてもらった意味がないじゃないですかと、私は言いたいですね。

今はほんとうに苦しいかもしれない。つらいかもしれない。それを気力で乗り越えてというのは、酷なことかもしれませんけれども、やっぱり、なにか自然が、神様が、生かしておきたいという目的があってあなたを生き残らせてくれたのだろうから、もうそんなに自分を責めないでほしいのです。

もっと言えば、あなたには、世のため人のため、そして亡くなられた方たちのためにも、これから精一杯生きていく〝義務〟があるはずだと、私はそう思うんですね。

瀬戸内　そうですね。ほんとうにどん底にいる人には、今どんなことを言っても耳に入らないでしょうけれども、稲盛さんのおっしゃりたいことはよくわかります。

稲盛　心理学的には、そういう逆境にある人を、気力で励ますというのは、逆に精神的な苦痛を与えるだけだと言われているようです。でも、私なりにいろいろと考えてみますと、もし目の前にそういう悲惨な目に遭われた方がいらしたら、私はやっぱりそう言って励ますしかないと思うんですよね。というのも、苦しんでいらっしゃることにこちらが同情してばかりいると、その方はもっとその苦しみにはまり込んで、脱け出せなくなってしまうような気がするんです。

今必要なのは「なんとしても生きよう」とする気力です。

仏教には「小善《しょうぜん》は大悪《だいあく》に似たり」という言葉があります。読んで字のごとく、「小さな善行」が、結果的にはかえって「大きな悪」に転じてしまうという意味です。被害者と一緒になって悲しむことは、もちろん「善」なのですが、私は時に、それが「悪」になることもあるかもしれないと思うのです。「大善《だいぜん》は非情に似たり」という言葉もあります。いつまでもめそめそしていないで、などと言えば、なんという非情な言い方か、おまえはそんなに冷たい人間なのかと言われるかもしれませんが、今はその冷たいことをあえて言ってでも、生きていく気力を奮《ふる》い起こさせることが、真の愛ではないかと思うんです。

瀬戸内　特に今回被災した東北の人たちというのは、ほんとうに善良に生きてきた人たちばかりでしょう？　天災というのはいつも理不尽だし、なんでって思うけれども、そういう矛盾があるのがこの世の中なんですね。

悪いことをした人が栄えて、いい人がひどい目に遭うということが、この世の中にいっぱいあるじゃないですか？　なんであの人はあんな悪いことをしているのにお金持ちになっているんだろうとか、ズルばかりしてのし上がった人が一番に助かって楽な生活しているなんてことが、いっぱいあります。それで、矛盾だらけの世の中があるのはどうしてなのかと、みんな一生懸命考える。だから、そこに哲学が生まれるし、これはやっぱり生き方として書かなきゃいけないって思うから、そこに文学が生まれる。

そもそも、矛盾だらけで苦しいのが世の中なんですよ。お釈迦様は「この世は苦だ」とおっしゃっています。それは、この世はそういう矛盾だらけだからですよ。

稲盛　先ほど申し上げた「あの世に行けば阿弥陀様が待っておられる」、つまり矛盾だらけのこの世を終えたら、今度は仏様がやさしく抱いてくださるので何も心配することはないというのは、一つの〝達観〟だろうと思うんですね。寂聴さんのように、普段から修行を積んでおられる方はまた別かもしれませんが、私なんかはまだまだ至らないものですから、そういう単純な解釈をしているんです。ただ単に「頑張れ」とか「元気を出せ」と言っても伝わりませんから、あなたは今苦しいだろうけれども、亡くなった方は仏様に守られて幸せにしておられるのだから、今度は、あなたがこの現世で雄々《おお》しく生きる番ですよと言いたいんです。

「代受苦」――犠牲者は我々の苦しみを引き受けてくれた

瀬戸内　親や子供が亡くなったり、大切な伴侶が死んだりすれば、人は誰しも身も世もなく嘆き悲しみます。そういう時は、いくらでも泣いたらいいんです。悲しみもつらさも、全部、涙で流してしまえればいいんですよ。

そして一週間、一か月、一年と経てば、悲しみは少しずつ薄らいでいきます。それで、ふと気がついてみたら「ああ、今日は（亡くなった人のことを）少し忘れていた」ということもある。被災者の中にも、そういう経験をされている方がいるかもしれません。

忘れるなと言ったって、忘れてしまうのが人間です。それなのに、死者を忘れていた自分を責めてしまう方も多いんですね。なんで忘れてしまっていたんだろう、もっと亡くなったあの人を大切にしなければいけないじゃないか、自分はなんて薄情な人間なんだろう、と。でもそれは、薄情とは言わないんです。近しい人が亡くなった悲しみを忘れるのは、神様や仏様が与えてくれた〝恩恵〟なんだと思うんですよ。

稲盛　肉親の死のような悲しい記憶や、つらい思い出を、いつまでも鮮明に覚えていたら、人はとても生きていけませんからね。つらい気持ちを忘れることで、人は生きていけるのだと思います。

瀬戸内　人間というのは不思議なもので、私だって、ついこないだまであんなに腰が痛かったのに、もうその時の痛みを忘れているんですよ。思い出そうとしても思い出せない。子供を産むお母さんたちもそうですね。出産の時の、あれほどの苦痛を忘れてしまう。だからまた、次の子供を産めるんですよ。

そうやって、痛みとか苦しみとか悲しみというものを「忘れる能力」も、人間には与えられているんです。京都では「日にち薬」という言葉がありますね。時が忘れさせてくれるんです。

寂庵を訪れる人たちの中には、「主人と死に別れました」「子供に先立たれました」と泣き崩れてくる方々がたくさんいらっしゃいます。それでも、一年経ってそれと同じように泣いているかというと、そうじゃないんですね。やっぱり記憶は薄れていく。それが当たり前なんです。

でも、故人をほんとに忘れてしまったら悪いから、一周忌とか、三周忌とか、お盆のような行事があるんですね。その時には、亡くなった方々をみんなで思い出しましょうと言って、生き残った者たちが集まります。お墓もそう。今は「お墓は要らない」なんて言う人もいますけれども、お墓は死んだ人のためじゃない。残された我々が死者を忘れちゃいけないから、つくるんですよ。忘れてもいいとなったら、もうそんなのはつくらないですから。戒名だって、そうです。仏教でお葬式をしてもらうなら、戒名が要る。なぜかというと、仏教のお葬式というのは、死んだ人を出家させてお坊さんにさせて、そしてあの世に送るという意味があるんです。そのために戒名がつく。キリスト教だってクリスチャンネームがあるでしょう？　だから、仏教でお葬式をしないなら戒名なんか要らないです。最近は、自分たちの身内だけでするというスタイルが流行っているじゃないですか。それで、残された人たちの気が済むのなら、それでもいいですけどね。

稲盛　お墓や戒名などは、死者を忘れることなく、上手に偲《しの》ぶための智慧《ちえ》なのかもしれませんね。

瀬戸内　そうですね。仏教の言葉で「定命《じょうみょう》」というのがありますね。「定められた命」と書きますけれども、私なんかはもう早く死にたいんだけど、なかなか死ねないでしょう？（笑い）　それは定命がまだあるということです。その定められた命が尽きなければ、人間は死ねないんですよ。

私、今回初めて〝寝たきり〟になって、一時はもうこのまま死んだっていいと思ったんですよ。この歳まで生きれば、もういつ死んだっていいですからね……。だって、一緒にお酒飲みましょう、他人の悪口を言い合いましょうなんて言っても、昔の友だちは、みんな死んじゃってるでしょう？　今も生き残っているのは、一緒に悪口を言うには面白くない人たちばっかり（笑い）。だから、長生きというのも考えもので、ほどほどがいいんです。それなのに、今回の地震や津波で亡くなった人たちというのは、まだ定命がいくらでも残っているような年齢なのに、大勢が亡くなられている。ほんとにどうしてなのかと思います。

仏教の言葉に「代受苦《だいじゅく》」というのがあります。「獄苦代受《ごっく》」とか「大悲代受苦《だいひ》」とも言いますけれども、ほかの人に代わってその苦しみを全部自分が引き受ける、という意味です。菩薩《ぼさつ》様やお地蔵様の慈悲《じひ》を指しますけれども、人間にもそういう貴い人がいるんですよ。キリストが十字架に架けられたのも、言ってみれば代受苦でしょう？　それは、やっぱり選ばれた人なんですね。

今度の震災で亡くなった人たちだって、何も悪いことをしていません。それこそ、赤ちゃんの犠牲者なんか、生まれたばかりでまだ何にもしてないのに亡くなったわけでしょう？　そういう犠牲者たちは、ほかの人に代わって死んでくれた、私たちの苦しみを引き受けて死んでくれたんですよ。だから、ほんとうに貴い人たちなんです。

ですから、生き残った私たちは、亡くなった方たちへの感謝を絶対に忘れちゃいけない。私たちに代わって、苦しみを引き受けて亡くなったんですから。

もちろん残された者は苦しい、たまらないですよ。家族の中で自分だけがひとり残ったという人だってたくさんいる。それで気が変になる人だって、いっぱいいる。だけど、やっぱりその人は残るべくして残ったんです。だから、その残った人たちのことを、私たちが守って大事にしなきゃいけない。そして、私たちの代わりに苦しみを背負って死んでくれた人の霊は、丁重に弔《とむら》わないといけません。

稲盛 ほんとうにそう思います。地震や津波で犠牲になった方たちに対しては、単に可哀想という同情や哀惜だけではなしに、「申し訳ありません。我々を助けてくれてありがとう」という感謝の念を忘れてはいけないんですね。

借金で自殺するぐらいなら踏み倒す「不真面目のすすめ」

瀬戸内 それで今、私が非常に心配していることの一つは、自殺の増加なんです。震災の直後というのは、まだそれほど多くはないと思いますが、一か月経ち、三か月が過ぎ、半年経って……となって落ち着いてくると、被災地の人たちは虚《むな》しくなるんですよ。

稲盛　統計を見ても、今年の五月以降に自殺が増えているらしいですね。

瀬戸内　はい。もともと東北地方というのは、生活が厳しいせいか、ほかの地方に比べても、自殺者が多いところなんですね。私も東北へ通うようになって、知り合った家の人が自殺で亡くなったというのでびっくりしていたら、うちでも昔、自殺があったわよ、うちの親戚も自殺で死んでるよって、ちょっと聞いただけで何軒も自殺した人がいるんですよ。

稲盛　環境的な影響というのもあるのでしょうか？

瀬戸内　そうですね。東北って、もともと豊かな物資の産地だった。縄文文化が栄えたところだし、それから金が採れたんです。矢羽《やばね》に使う鷲《わし》の羽根があるし、武器となる馬もたくさんいる。だから金と馬と矢の羽根が欲しくて、中央の勢力が征伐に行くんです。征伐に行きたいくらい豊かだったのです。そういうふうに歴史的にも狙われていたし、そのうえ天災が多くてしょっちゅう飢饉があったでしょう？　飢饉があったら、そのあと食べていけない。だから、東北の人たちはほんとうに苦労してるんですよね。そういった経験があるから、自殺を考える人もいるんです。

稲盛　今回はこれだけの震災ですから、なおさら心配ですね。

瀬戸内　そうなんですよ。せっかく生き残ったんだから、死なないでって言いたいし、政府も何か対策をしてほしいですね。

稲盛　自殺までするというのは単純なことではなくて、人それぞれに大変深刻な事情や、複雑な苦悩があってのことだと思いますが……。

私なんかでも、生きていく中でほんとうに苦しい時というのはやっぱりあって、今まで経営者として経営の難しさというものに直面しながら、その中で、もう死にたいなと思ったことは一度や二度じゃないですから。

瀬戸内　稲盛さんでも、そうですか。

稲盛　はい。実際に死ぬ準備をしたとか、そういうことはありませんが、もう死んでしまいたいと、それが言葉として出るぐらいのことは、いくらでもありました。ただ、ほんとうに思いつめて死んでしまうほど悩むというか、このまま心労を積み重ねていっては危ない、というところで、なんとか踏みとどまったんです。

よくよく考えてみれば、そういった苦悩や心労は、いくら心配してみても、いくら悩んでみても、自分で解決がつくような問題じゃないんですよね。生きていれば、つらいことはたくさん襲ってきます。でも、仮に会社が倒産したとしても、家がなくなっても、火事に遭ったとしても、もうそれ以上つらいことは何もないんです。

だから今、被災地で苦しんでおられる方々も、自分だけでは何も解決しようがないんですから、そこはもう、あっけらかんと、もうしようがないんだと割り切ってしまったほうがいいと思うんです。なんでも真剣に心配するのがいいことだ、全部自分で責任を負うのが正しい、責任を負わないのは卑怯者だ、と思っている真面目な方も多いと思いますが、そんなことはありません。ああ、すべてなくなってしまったなあ、借金だけが残ってしまってもう返せないなあ、でも、それもしようがないよなあと、開き直ってしまえばいいんです。そういう不真面目さと言いますか、不逞《ふてい》な態度と言いますか、やっぱりある意味での達観が必要だと思うんです。

瀬戸内　ケ・セラ・セラ、なるようになる、よね。

稲盛　そうなんです。それでもいいんだ、ということを、家族や周りの人たちが当人に教えてあげなきゃいけないと思うんですね。

たとえば、借金があったのに、震災で返すあてがなくなったという人もたくさんいるでしょうが、もう起こったことは仕方がない、自殺するぐらいなら借金を踏み倒してもいい、と思えばいいんです。現代の一般社会では、それはご法度《はっと》かもしれませんけれども、事業や自宅取得のために、いわば善意でもってお金を借りた人が、必ず働いて返そうと思っていたのに、結果的に返せなくなってしまったということであれば、それはもうしようがない。ほんとに申し訳ありませんが、もうしばらくは返せません、と言うしかないんです。どうしたって払えないんですから。最初から払わないつもりじゃなかったわけですからね。だけど、そこで会社の体面だとか、自分の体面だとか、家族の体面だとか、いろんなことをあまりに生真面目に考えるから、行き詰まってしまうんです。

瀬戸内　見栄もあるんでしょうね。自己破産の手があるんだから、いくらでも生きていけるんです。でも、見栄で自己破産しないでしょう?

私の親戚なんかにも、たくさん借金を抱えちゃったのがいます。もう自己破産しなさいって言っているんだけど、絶対にしない。なんでしないのって言ったら、自己破産したら、ロータリークラブの会長になれないって言う(笑い)。それはもう、見栄ですね。

稲盛　やっぱり、そういう意味では、不真面目そうな人間ほど長生きするのかもしれませんね。

瀬戸内　そう、真面目な人が死ぬんです。

それと、多くの場合は借金があって、自分が死んだら生命保険が下りてお金が入るから、それで家族が楽になるだろうと思って死のうとする。だけど、家族はそんな借金を返すことよりも、その人に自殺されたほうがどれだけつらいか……。

だからやっぱり自殺したらいけないいんですよ。神様仏様からいただいた命なんですからね。生まれてきたのだって、自分が生まれようと思って生まれたわけじゃない。いただいた命なんですから、自分勝手に死んじゃいけないんです。

先に死んでいく者には、生き残る人への「義務」がある

稲盛　倒産や借金、家族の不幸だけじゃなくて、病気を苦にしての自殺も多いですね。大病を患《わずら》って、あっちこっちの病院に入って、いろんな治療を試すことで医療費がかさんで貯金もなくなってしまう。それでも治る見込みが立たなくて、いっそ死んでし

まおうということになるんでしょうけれども、どんな大病でも、やっぱり自殺してはいけない。治らない病気であれば、病気と一緒に共存していくしかないと考える。

そう言うと、お前は病気をしていないからそんな簡単にものが言えるんだとお叱りを受けるかもしれません。いや、私ももう歳ですから、体の不調はたくさんありますけれども、それでも、もし不治の病にかかってしまったとしたら、そういうふうに達観しなければ生きていけないだろうと思うんです。やっぱり、自殺をするというのは、それはもう、残された家族や周りの人たちに大変なショックを与えてしまうわけで、本人は、死んでしまえばそれで終わりだと思うかもしれませんが、周囲を考えれば、その死ぬほどの苦しみに耐えるということが大切であり、それこそが人間が生きていく価値なんだということを、もう一回考えないといけないんじゃないですかね。

瀬戸内　先に死ぬ人は、「ああ、これが人生か」と思って死んでいけばいいでしょうけど、そうなると、後に残される人がほんとうにつらいんですね。生きている人間にも義務があるように、死んでいく者にも義務があります。残された人が少しでも助かるように、できるだけのことをしてから死んでいく。後に残された家族が悩み苦しまないようにするのが、先に死ぬ者の義務なんです。

それでも、なんでこんなにたくさんの人たちが自殺で死ぬのかと言ったら、自殺する時はもう正気じゃなくなっているんだろうと思います。ノイローゼ状態で、そんな算段ができてないんですよ。そうでなかったら、死なないですからね。家族を残しては死ねないです。愛する家族がどんなに苦しむかとか、親が自殺したりしたら娘もお嫁さんに行かれなくなるかもしれないとか、そういうことを考えていたら、普通は死ねないでしょう？　それでも自殺するっていうことは、もう何も考えられない、ノイローゼなんですよ。だから、ノイローゼになったことを周りが早く気づいてあげて、それで早めに手当てしてあげることが必要なんです。

稲盛　そこまで追いつめられるんでしょうね、真面目な人ほど。真面目な人には開き直ることを教えてあげなきゃいけないと思う。

瀬戸内　でも、さっき稲盛さんが言ったみたいに、「もっと不真面目になりなさい」「借金なんて踏み倒したっていい」なんて言うと、逆に日本人は怒るんですね。そんなことを言うから、不真面目な人間が増えてみんなに迷惑をかけるんだ、と言ってね。そういう人は不真面目がどれほど楽しいかっていうことを知らないですからね。

私なんか、根っからの不真面目でしょう？（笑い）　もう何十年もそれを自分で実践しているし、不真面目がどんなに楽しいか、身に染みてわかっている。そうやって、不真面目な人は結構ちゃんと不真面目をしながら楽しんでるんだけど、もう真面目な人はその楽しさを知らないから。そういう人に、何を教えたって駄目なんですよ。

稲盛　でもまあ、今は非常時ですから、難しい言葉で言えば超法規的な考え方が必要だと思いますね。借金で自殺なんてすることはない。まして、これまで真面目に借金を返してきた人が、震災が原因で返せなくなったんだったら、堂々と踏み倒していいんです。

瀬戸内　それと、もっと遊べばいいんですよ。東北にはお祭りがいろいろあるじゃないですか。あれはもうほんとに素晴らしい。今年は震災でやらないのかなと思っていたけど、ちゃんとやってるでしょう？　それで、見物客もいっぱい来ています。やっぱりああいうお祭りができる気力はあるし、そういうところから元気が出るんじゃないかなと思います。

一時期は日本中が、自粛自粛って言っていましたよね。こんな時だから自粛しなきゃいけないって、日本人はまず思う。でも、それも結局は、見栄なんですよ。こんな時にお金を使ったら、人から悪口を言われるからって。でも、悪口なんて言われたっていいじゃない、別にその人が税金払ってくれるわけじゃないんだから（笑い）。遊びたければ、遊んだっていいんですよ。自粛なんてやってたら、日本経済がもっと駄目になりますからね。

戦災孤児の〝かっぱらい精神〟にバイタリティを学ぶ

稲盛　自殺の問題もそうですが、とにかく気持ちが萎《な》えていくのが一番良くないと思うんです。不真面目さと言いますか、今のような非常時に必要なのは、「蛮勇《ばんゆう》」と言われるようなものではないでしょうか。理性で考えた勇気というものではなくて、思わず奮《ふる》い立つような蛮勇ですね。また、ある意味、「ルールなんてくそくらえ」というぐらいのことをやらなかったら、そういう蛮勇というものも発揮しようがないと思うんです。

先ほども少し申し上げましたけれども、終戦直後は、今の被災地と同じように、お金もない、家もない、会社もない、工場もない……という「ないない尽くし」で、今のようなボランティアも、自衛隊も、支援物資も、義援金も、なんにもなかった。そんな中でも人々は、今からは想像もできないような貧しさに耐えて、復興を果たしていったんです。バラックで芋団子を売る人、鍋で肉や野菜を煮込んで売るおばさん、みんなが工夫して、闇市から立ち上がって生きていきました。闇市でアメを売った人が後に立派な製菓メーカーを築き上げ、雑炊を作って売ったおばあさんがレストランチェーンの創業者になった。特別な知識や人脈があったわけではないし、頭の良し悪しというのでもない。ただ「なんとしても生きていく」という熱い思いがあったんです。そのバイタリティが、今の日本に欲しいと思うんですね。

瀬戸内　日本人が戦後のどん底から這《は》い上がってこられたのは、やっぱり生き残った人たちが必死で生きようと思ったからですよ。生きるためには、焼け野原にも家を建てなきゃならない。家を建てたら、なんかちょっと飾るものも置きたい。それから、やっぱり着るものも必要になる。着るものをつくるには布地が必要で、それを買うにはお金を稼がなくちゃいけない。そうやって一生懸命働いて、だんだんと復興していったんです。それが度を越して、戦後の日本はお金さえあればいいという拝金主義になっていっちゃったんですが、復興の原動力は、やっぱり一人一人の生きようとする力なんです。

福島県の飯舘村から南相馬市までの被災地を訪れた稲盛氏。
地元の人々の「震災に負けない」という姿勢に学ぶところも多かったという。

稲盛　敗戦後の時のことを申しますと、私にはもう、死ぬまで忘れられないショッキングな出来事がありました。

空襲を受けた鹿児島市内にも、「戦災孤児」といって、両親が戦争で亡くなって、兄弟も亡くなって、自分一人だけ取り残された子供たちがたくさんおりました。今で言うストリートチルドレンですね。彼らは、私よりも四つ五つ下の小学校低学年ぐらいの子供たちで、ほんとに着の身着のままで焼け跡を駆けずりまわっていました。孤児たちは、生きていくのに必死で、当然、かっぱらいなんかもやりながら、たくましく生きていました。バイタリティというと、私はこの子供たちを思い出すんですね。

それは何も鹿児島だけではありません。たとえば、大阪なんかだと鉄道のガード下なんかにいっぱい屯《たむろ》していましたし、東京では上野のあたりにいっぱい集まっていました。平和で、それなりに食べるものがある時代だったら、それはそれは、みんなの同情を買ったんでしょうけれども、当時はもう大人だって生きるか死ぬか、食うか食われるかという状況だったものですから、可哀想だと言っても、孤児たちの面倒なんかみられないわけですね。だから、そういう中では、子供もほんとうに必死で生きていくしかないんです。

そのころは、我が家ももちろん食べる物がなかったですから、私は叔父さんと一緒に塩を作って、それを食料と交換するという仕事の手伝いをしていました。海岸に、ドラム缶を半分に切ったのを何本か並べ、その中に潮水を汲んできて、難破した漁船を解体した木材でもって火を焚《た》いて、即製の塩をつくるんです。粗製濫造《らんぞう》の塩ですけれども、それを背負って売りに行くんですね。この塩というのがまた、とても重たいんですよ。それを背中に背負って、山奥の田舎に行って、お米などの食料と物々交換するわけです。

戦争に負けたのが夏で、まだ秋も深まっていないころでしたけれども、当時、私は中学一年で、まだ体も小さかったものですから、そんな子供が重たい塩を担いで海岸から山奥まで歩いてきたというので、可哀想だと思ったんでしょうね。そこの農家のおかみさんがご飯を出してくれたんです。ところが、栄養があるからと言って、納豆と一緒に出された（笑い）。九州には当時、納豆なんかなかったと思うんですが、その熊本県と鹿児島県の県境の山の中では、なぜだか納豆があったんですね。私はそれまで納豆というものを食べたことがなかったものですから、臭いがきつくて、どうしてもそのご飯が食べられなかったんです。一緒に行った叔父さんは、満州帰りだったせいか、こんなに美味しいものはないと言って、ガツガツ食べていましたが、私はそれこそ死にそうなくらい腹が減っていたのに、どうしても食べられませんでした。すると、それでは帰りにお腹も空くだろうからと言って、親切にも、おかみさんが、塩で結んだおにぎりを三つ持たせてくれたんです。

もう嬉しくってですね（笑い）。それを大事に持って山を下りて行って駅についたら、駅はもう復員軍人さんやらなんやらで、ぐちゃぐちゃに混んでいる。それを掻き分けていって、やっと崩れた駅のホームの端っこに腰掛けて、隣に座った兄貴にもおにぎりを分けて、さあ食べようよって言って広げたんです。それで、兄貴のほうを振り向いて「ねえ、お兄ちゃん」と言った瞬間に、何日も風呂に入っていないような戦災孤児の子供が、そのおにぎりを奪って、ばーっと。

瀬戸内　逃げた（笑い）。

稲盛　「こらーっ」と言ったんですけど、それはもう、逃げ足が速いもんですから、取り返しようがないんです……。私はもうそれがショックでショックで、いまだにその時の光景が忘れられません。だけど、ああでもしなかったら、彼らは生きていけない。親もいない、何もないんですからね。たったひとり残って、住む家も、食べるものもない。それでも何とか生きていこうとする、人のものをかっぱらってでも生き抜こうとする、ああいうバイタリティと言いますか、野生に近いバイタリティですね。それは当時、大人も同じように持っていて、闇商売でもなんでもやって這い上がっていこうと必死になっていたんです。

そこから、高度経済成長期を経て、一九八〇年代後半ぐらいまでは、焼け跡から復興しよう、もっともっと豊かになろう、ということでやってきた。ところが、バブルが崩壊してから後は、みんななんだか放心してしまって、それ以来、ずうっと日本経済は低迷しているんですね。だから、今回の震災というのは、神様が、日本人はもう一回、目を覚まして、必死で這い上がって生きていく覚悟を持てという警鐘を鳴らしてくれたのかもしれないと思うんです。

瀬戸内　それは何も、被災地の人たちだけじゃなくて、日本人全体に対して、ということですね。

稲盛　そうなんです。今回の原発事故によって、日本列島全体で電力不足となり、個人も企業もみんなが不自由していますけれども、このことにしても、そのくらいの不自由は我慢しようじゃないか、もっと工夫して、あまり電気を使わなくても生きられるようにしようと、そういうことを神様が教えてくれようとしているのかもしれない。そんなふうに感じるんです。

「生生流転」「諸行無常」——絶望から立ち直る知恵

稲盛　今の時代はほんとうに、聞いていて気持ちが滅入るニュースが多いですね。大震災だけでなく、政治の停滞からデフレ不況、原発事故から電力不足、さらには児童虐待死やバラバラ殺人事件など、時代を経るごとに世の中がどんどん乱れていっているような印象を持つ人も少なくないと思います。乱れた世の中のことを、仏教の場合には、「末法《まっぽう》の世」などと呼んだりするわけですが、寂聴さんは現在の世相をどんなふうに見ていらっしゃいますか。

瀬戸内　たしかに暗い話が多いですけど、振り返ってみたら、必ずそれぞれの時代時代にそういうことがあるんですよ。「もうこのままじゃ大変なことになる」とかなんとかっていうことが多い。逆に、そんなにいつも人々がウキウキして幸せだった時代なんて、ほとんどないんです。みんな、何かしら悩みを抱えていて、政治に対しても、やっぱりいろいろと不満を持っていたんですよ。

仏教では、何もかもが変わるということを「生生流転《しょうじょうるてん》」と言いますね。生きとし生けるものはみんな生まれ変わり、死に変わり、輪廻《りんね》の中で生を繰り返すと。また、「無常」とか「諸行無常」という言葉もあります。これも、やはり「人はみんないずれ死ぬ」「驕《おご》れるものも久しからず」というふうにばかり解釈しますけれども、私はもっと単純に、世の中はすべて同じ状態は続かない、というふうに解釈しているんです。

稲盛　なるほど。まさしく「常ならず」ということですね。

瀬戸内　だから、世の中だって常に変わっていきますから、今はほんとに絶望的な気がするかもしれないけれど、それも長くは続かないんです。今、もし自分のいる状況がどーんと悪くなったら……どんなものでも一番下まで落ちたら、弾んで上に上がりますよ。だから、早くどん底に落ちればいいんです。それで、その弾みで上がってくれないかなと思う。

稲盛　今の日本は、もうすでにどん底じゃないですか？

瀬戸内　だから、これからちょっとまた変わるんじゃないかと、そういう気がするんですね。いつもいつも今が最悪だって言って、マスコミなんかは不安をかき立てますけど、もっとひどい時代なんてたくさんあったんだから、今はまだまだいいほうですよ。戦争がまだ続いていたころのことを思ったら、こんなもんじゃないですからね。ほんとに明日の命がわからない時代でしょう？　だから、同じ状態は続かないんだから、私は必ずこれと違う状態が来ると思うんですよね。

だいたい、ここ数年のうちに日本で起きた新しいニュースの一つは、やっぱり政権交代じゃないですか？　半世紀も続いていた自民党政権が、あんなにするっと政権が変わるなんて、誰も思っていなかったですよ。それも、ああいうすごい変わり方をするとは思わなかった。

で、それはなぜ変わったかっていったら、もうみんなが自民党に対して飽きが来て、嫌になっていたからですよね。だから、そうしたみんなの意思がちょうど外に出て、それで、ああいう変わり方をしたんですよ。これはやっぱり、いろんな評価があるでしょうけれども、私はよかったと思いますよ。とにかく変わってよかったと。それがまたやらせてみたら失敗だったと言っていますけれども、やっぱり一度は自分たちが新しい政権を選んだという経験をしたことはよかったと思いますね。

それから、生きているうちに、ソ連がロシアに戻るなど考えられなかったです。また、私の子供の時なんか、黒人がアメリカの大統領になるなんていうことは絶対にあり得なかったことですよ。九十年近く生きてきて、オバマ大統領の誕生というのはほんとに一番大きな事件の一つでした。だから、そんな大事件を、生きているうちにこうして見ることができたということは、もうほんとに冥土の土産によかったと思う(笑い)。それもやっぱり、生生流転であり無常なんだから、同じ状態は続かないという証拠ですよね。

稲盛　たしかにこの世の中というのは日々流転していくわけで、いわゆる波瀾万丈の変化をしていくということこそが、いつの世も常であって、たとえこれは地獄ではなかろうかと思う時期があったとしても、それはいつまでも続くことはない。また、何も自分だけが苦しいわけじゃないんですよね。そう思えば、力が湧いてくるはずです。

【震災後の生き方】

第三章

「利他」のすすめ

――人は〝誰かの幸せ〟のために生きている――

大震災で、多くの被災者が身をもって示してくれた互助の精神。
さらに、自衛隊や警察・消防、そして全国から集まった
ボランティアや民間企業の献身ぶりは、
多くの日本人が忘れかけていた「利他」の精神が、
この国に今なお息づいていることを示してくれた。
「誰かのために」という生き方が、一条の光となる。

震災の死者の名前を書き続ける女性の姿に涙が出た

稲盛　震災直後の被災地で最も印象的だったのは、被災者の皆さんの姿です。食料やガソリンなどの物資が不足して、日々困窮していたにもかかわらず、略奪や暴動が起こることもなく、秩序を守って忍耐強く行動しておられました。あれやこれやと不平・不満を言う前に、助けに来てくれたボランティアや自衛隊、警察、消防の隊員たちに感謝の言葉を伝え、地獄のような現実を前にしても、人間性と礼節を失わなかった。阪神・淡路大震災の時もそうでしたが、今回の震災でも、毅然と行動する日本人の姿が世界中から称賛されました。これは、日本人の一人として、ほんとうに誇らしいことでした。

瀬戸内　地震や津波だけじゃなく、原発事故という人災まで起きたんですからね。ここまでひどい目に遭っても、暴動が起こらない。略奪がないでしょう？　そんな国はないですよね。よその国だったらもうすごいでしょう、暴動が起きたりして。

稲盛　そうした日本人の核にある人間性というものの根源を考えていくと、やっぱりこの島国の豊かな自然環境が育《はぐく》んできたのではないかと思うんですね。日本が農耕に転じたのは弥生時代からで、その前の縄文時代までは狩猟採集ですね。森で木の実をとったり、川で魚をとったり、山で獣をとったりして食べていたわけです。暖流と寒流が落ち合う海は魚がいっぱいとれるし、山は照葉樹林帯で木の実がいっぱいある。そこに、熊でも鹿でもたくさんいるわけです。気候的にも、極端に寒くもないし、暑くもない。こんなに恵まれた環境は、世界中を探しても、なかなかないでしょう？私は神様がこういう環境を日本人に与えてくれたことにほんとうに感謝すべきだと思うんです。そういった豊かな環境が育んだ、和を大切にする日本人の美徳・特性というものが、今回の震災では見事に発揮されたんじゃないかと思います。

瀬戸内　そうですね。今度のことで、私のところにもずいぶんいろんな人が、何か東北の被災者のためにしてあげたい、でも何をしていいかわからない、何ができるのか教えてほしいと聞いてきましたよ。でも、私だって何をしていいかわからないから、教えようもなくて困っていたんですね。

そしたらある日、一人の女性から、今度の震災で亡くなった人たちの名前がびっしり書かれたノートが送られてきたんです。その女性は毎日、新聞を読みながら、震災で死んだ人の名前が小さな字でたくさん載せられているのを見て、「ああ、この人たちの名前がこんなに小さかったらよく見えない。それはおかしい」と思ったそうなんです。それで、新聞に載っている犠牲者の名前を全部、自分の字でノートに書き写すことにしたんですって。そうしたら、来る日も来る日も新聞に新しい名前が載るでしょう？　一万五千人以上の人が亡くなったわけだから、すごい数ですよね。そうやっているうちに、ノートに一冊分書き終えたというので、ご供養してくださいと言って寂庵に送ってきました。私、それを見たら、もう、涙が出ましたよ。

今でもまだ送ってくるんです。あとからあとから、ノートが一杯になるから。その人の字で一文字一文字きれいにノートに書き写して、読みやすいようにして送ってくる。ただ新聞を写すだけよ。でも、これだけたくさん亡くなられているわけだから、それを書き写すだけでも、すごいことじゃないですか。亡くなった人たちだって、どんなに喜んでいるかしら。自分のことを思って書きとめてくれる人がいることで。

稲盛　それをまた、寂聴さんがご供養されるわけですか？

瀬戸内　そう。それを私が供養のために墨で書き写しているんですよ。戒名じゃなくて、名前ですよ。歳がわかっているのも、わからないのもある。でも、それでもいい。

一日一回でも、三日に一回でもいいから、これだけの人が亡くなったんだって、そこに名前を書くだけで。私、その方はすごいと思います。

稲盛　見ず知らずの人であっても、新聞からの写しであっても、とにかく名前を書いてご供養してあげたいという思いが尊いですね。

瀬戸内　その方は、私は一度も会ったこともない方ですけどね。寂庵では毎月、「寂庵だより」っていう新聞を出しているんですが、たまたまそのつながりでノートを送ってこられるようになったんです。それでも、そういう供養の仕方もあるということですね。

人に言われなくても、困っている誰かのために働く人がいる

瀬戸内　それから、寂庵のチャリティバザーも、震災後まもないうちから、早くやってほしいという声があがりました。でも、私が動けなかったので、ようやく四月八日のお釈迦様の誕生日、花祭りの日にお堂でやったんです。そしたら、朝からものすごい人で、千人ぐらい集まりました。だけど、京都の人っていったら、チャリティバザー

で値切るんですよ（笑い）。三十円のものを二十円にしてとかって言う。それで、「これは、ここで儲けるわけじゃないの。被災地へ送る義援金を集めるためにやってるんですからね」って言っても、「それはわかってるけど、もうちょっとまけてよ」なんて（笑い）。それでも、なんとか四百五十万円くらいその日に集まりました。それに、私が一千万円ぐらい足して、合計で千五百万円を被災地に持っていきました。それが六月五日のことです。町長さんにお渡ししたら、このお金を何に使ってほしいですかと聞いてくださったので、震災で両親を亡くして孤児になった子供たちが学校に行けるように使ってくださいって言いました。そしたら、すぐそうしますって約束してくださったんです。

そう言えば、稲盛さんも寄付なさったんですって？

稲盛　ええ。私は、寂聴さんのようにすぐに義援金を持って被災地に駆けつけるということはできませんでしたが、稲盛財団を通じて、震災で孤児になった子供たちの面倒を見ている方々にお渡しするよう手配しました。それにしても、今回は、ほんとうにたくさんの人が寄付をしていました。それに、寄付金や義援金だけでなく、被災者を助けるためになんでもいいから手伝いたいと、各地から、いろいろな形でボランティアが駆けつけていました。ほんとうに偉いなあと感心しました。

瀬戸内　だから、人間っていうのは、やっぱりとても性質はいいんですよ。寄付しろとかボランティアをやれと誰かに言われなくても、困っている誰かのために何かしようと思うんですね。

それで思い出しましたけど、今回、自分が腰が悪くなって動けなくなったことで、わかったことがありました。寂庵にはお手伝いをしてくれる女性のスタッフが何人かいるんですが、彼女たちがほんとうによくしてくれたんです。これまでは、彼女たちは私が月給を払っているから、雇い主である私のことをいろいろと世話してくれるんだと思っていた。でも今回、それは違うんだってことがよくわかったんです。私が半年も動けないで寝ている間、スタッフのみんながほんとによくしてくれました。

たいていの人は、「この仕事をしたら、いくら儲かるか」っていう計算をして働いているじゃないですか。だけど、うちみたいな小さな職場では、いくらやっても給料はほとんど同じだから、ちっとも儲からないでしょう？　かえって、働けば働くだけ損をする。それでも、私を介護施設には入れられないというので、食事やお風呂や身の回りの世話に、ほんとによく働いてくれました。彼女たちの後ろ姿に、何度も手を合わせましたよ、ありがとうって言って。だから、今はもう私、前よりずっとみんなに優しい（笑い）。

稲盛　それはとてもいい話ですね。仏教では、人を助けたり人を思いやったりする心、一言で言えば「利他《りた》」の精神がとても大切だと言われています。寂聴さんも常に利他の精神で動いておられるし、私も経営者として、それを大事にしています。また、寂聴さんの周囲の方々も同じように利他の心をもって、寂聴さんのお世話にあたってお られたわけですね。

瀬戸内　そうなんです。お金だけのことで言ったら、みんなの給料が変わらなければ、働けば働くほど損をするじゃないですか。それなのに、そんなこと一切お構いなしに一生懸命にやってくれたんです。私も稲盛さんも、どっちも出家していますから、出家者というのは、それくらいのことは義務として当たり前にやらなきゃいけないんですけど、寂庵のスタッフもみんながそういう気持ちになってくれていたのがわかって、嬉しかったですね。

「損得勘定」や「利己主義」が社会を悪くしている

稲盛　企業にとっても、「利他」の精神というのはとても大切なものだと考えています。私はもともと理系の出身ですから、技術的なことだったらある程度わかるんですが、経営者として、どのように経営していくのか、どのような判断基準を持つのかということについては、実は若いころから大変悩んだのですね。

ビジネスというのは、儲けなきゃならないというのが一つの大きな目的ですから、物事を損得勘定で、つまり、儲かるか儲からないかという判断基準だけで進めているような経営者が多いんです。でも、私はそれだけでは、顧客のほんとうの信用、信頼を勝ち取ったり、従業員を心底納得させたりすることはできないんじゃないかと思ったんですね。たしかに自分の会社の儲けにはなるかもしれないけれども、果たしてほんとうにそれでいいのか、と自問自答したのです。

それで、私も若い時にはほんとうに世間知らずで、きちんとした経営の勉強もしていなかったものですから、結局、両親やら先生に教わった、「人間としてやっていいことと悪いこと」という素朴な基準で、経営上の判断もしていこうと考えました。最初は、社内でもそういう非常にプリミティブな倫理観で経営していくと宣言していたんですが、だんだん歳をとってきましたら、若干は賢くなって、「損得という判断基準ではなく、善悪という判断基準でやっていきます」と言うようになりました。思うに、政治や経済の問題でもなんでも、すべて善悪で、つまり人間としていいことなのか悪いことなのかという判断をすれば、それほど大きな間違いはしないと思うんです。

でも、これは口で言うほど簡単なことではありません。たとえば、日常の会話を聞いていても、ほぼ一〇〇パーセント、人間は損得勘定で動いている。損得と言っても、別にお金のやりとりだけを指しているのではありません。ただ儲かる、儲からないというんじゃなくて、自分にとって心地よいかどうかということで動いていることがほとんどです。そのように、自分に都合よく考える「利己」こそが問題なんです。

結局、人間というものは、「自分」を捨てる、「私」を無くすという「無私」の境地には、なかなかなれないんですよ。だから、自分が大事にされていないと感じただけで、すぐにカーッとなったりする。それも、自分にとって都合が悪いから腹が立つわけでしょう？　そういう損得勘定や利己的な考えが世の中を悪くしているし、政治や

「損得」ではなく「善悪」を基準とした経営を説く稲盛氏。

ボランティアで主宰している若手経営者の勉強会「盛和塾」の一風景。

経済も悪くしている。また、損か得かという発想そのものが社会全体に蔓延《まんえん》し、我々の日常の付き合いや人間社会全体を悪くしているんじゃないかと思いますね。

瀬戸内　それに昔は、嘘をついてまで儲けちゃいけないというのがもっと徹底していましたよね。私は、金融のことはよくわかりませんけれども、リーマン・ショックとやらで、世間の目をごまかしてでも儲けようと思う人たちがたくさんいたことが、世界中にとても大きな損を与えることになったんでしょう？　あれも結局、「俺が、俺が」という欲が張った人たちの問題ですからね。

まあ、今どきはお寺のお坊さんだって、お金を儲けることにずいぶんと熱心ですから、他人様《ひとさま》にお説教できるような立場ではないですけどね。儲けていないのは、うちぐらいじゃないですか（笑い）。

儲からないはずの宗教で、なぜ次々に殿堂が建つのか

稲盛　今の時代、宗教が力を失ってしまった理由の一つに、やっぱりお寺のお坊さんたちが安易な生き方に走ってしまったことが挙げられるのではないでしょうか。もち

ろん、非常に立派なお坊さんもたくさんおられると思いますが、日ごろなかなかそうした偉いお坊さんにお目にかかる機会がありません。そうやって、宗教を司《つかさど》る者自身の手で宗教が力を失ったことが、やっぱりこの世の中の乱れにつながっているのかもしれませんね。

瀬戸内　私は出家してもう四十年近くなりますが、宗教では一銭も儲からないですし、だいたい宗教でお金を儲けようなんて気はさらさらないですよ。だから、他の宗教団体では、どうしてあんなに大きな殿堂みたいな建物が次々に建つのか、ほんとに不思議でしょうがない。あれは絶対、怪しい（笑い）。普通にしていたら、そんなにたくさんのお金なんて集まりません。お賽銭箱を置いといたって、そんなに入るもんじゃありませんから、ほんとに。

私はもともと、今東光《こんとうこう》先生を師僧として出家しまして、今先生が亡くなられてからそのご遺志を引き継ぐ形で、岩手にある天台寺の住職になって、その復興をお手伝いしました。でも、給料はもちろん、旅費だってもらわなかったですよ。それで、天台寺の住職を二十年ほど務めて、毎回無料で青空説法をやって、世の中に広く知られるお寺にしましたが、その費用は全部持ち出しです。だから結局、私はこんな歳になるまでペンで働かなきゃいけない（笑い）。

稲盛　宗教者というのは本来そうあるべきだと思います。

最近の新興宗教の中には、自分たちの宗派の勢力を拡大していくことだけに熱心で、どんなことをしてでも信者を増やそうとして、あの手この手でそればかり注力しているところも多い。でも、そもそも宗教というのは、たとえ野外でもいい、その教えの真髄《しんずい》というべきものを説いて、それに帰依《きえ》しますと手を挙げた人だけが信者になっていくというシンプルなものなのではないかと思います。ところが、どうしても寄進をいっぱい集めて、壮大な伽藍《がらん》をつくりたいと思うものだから、信者を増やすことが一番の目的になってしまっている。本来、宗教が目指している姿とは、全く逆のことをやっているように思えますね。

瀬戸内　ところで、宗教とは違いますけれども、見返りを求めない無償の行為ということで、私、稲盛さんが素晴らしいと思うのは、ご自分のお金で稲盛財団というのを設立されて、「京都賞」という形で利益を外に出していらっしゃるでしょう？　しかも、人類社会の進歩発展に功績のあった人々を顕彰するということで、日本はもちろん、外国の方まで表彰している。あれは、お金がある人なら簡単にできるようですけど、いったん自分のものになったお金を、他人に渡すということは大変なことですよ。ふつうは、惜しくて惜しくて、手放せないものです。あの財団というのは、今どのぐらいの規模なんですか？

稲盛　京セラの株式を中心に、最初に二百億円出したのですが、その後追加で拠出し、今ではその正味財産が約七百億円にまでなっています。

瀬戸内　へえ、すごい！　それは、なかなか真似ができません。それを、どんどん力を入れて、続けていらっしゃるでしょう？　そんなこと、他のどの経営者がしていますか？　稲盛さんぐらいですよ。他の人が稲盛さんを見習って、もっとどんどん実行してくれれば、もう少し日本は信用が出るんだけど、それは、できそうでいて、できないのね。不況、不況と言われる中でも、探せばもっと儲けている会社はいくらでもあると思いますよ。だけど、そんなことに絶対自分たちのお金は出さない。だから、あなたはすごいんです。

稲盛　もともと私が京セラを創業した時に、株を持ったでしょう？　それで、会社が大きくなっていき、上場を果たすと、市場で株価も上がっていきますね。そのためにお金ができるわけですが、会社が大きくなったのも、株価が上がったのも、私一人の成果ではなくて、社員全員の努力の賜物《たまもの》なんです。また、社会から支援を受けた恩恵なんです。ですから、その利益を私物化するのではなく、それを原資にして財団をつくることにしたわけです。

日本には、長者番付に登場するような、たくさんの資産を持っていらっしゃる方が数多くおられます。私の名前なんか、ずっと下のほうにしか出てこないんですけれども、それでも、寄付や社会貢献に私財を注ぎ込むという方は、それほど多くはないかもしれません。人は歳をとるごとに「利己」にとらわれ、「私欲」に溺れやすくなります。私だってそうなんです。そんな中で、この財団の活動を通じて、「利他」を実践するとともに、今まで自分を支援してくださった社会へのご恩返しができることは、私にとってもほんとうに幸せなことなんです。

瀬戸内　稲盛さんの場合は、きっと奥様がいい方なんだと思う。普通は、「やっぱりあなた、そんなことにお金を使うのはやめてください。もったいないから、もっと家や家族のために使ってよ」って言うものですよ。女はケチですからね（笑い）。それを、稲盛さんの奥様は「お父さんがやりたいんだったらどうぞ」って言ってくれるからできるのよ。以前聞いた話では、奥様が買い物に近くまで行くからというので、たまたま社用車があったからそれに乗っていけばと言ったら、「何言ってるの、それはあなた、公私をちゃんと分けなきゃ駄目です」って、逆に諭されたんですってね。そういう奥様がいいんですよ。

人間に本当に必要なのは「目に見えないもの」

瀬戸内　先ほども言いましたが、戦争に負けて、家や家財道具を焼かれて、もう日本人は全部失ったでしょう？　それで、戦後になって何が一番欲しいかといったら、やっぱり失ったものが欲しくなったんですよね。だから、まず家が欲しいとなった。で、家ができたら、今度はテレビや、車や、着る服が欲しいし、綺麗なバッグや靴も欲しい……というふうに、日本人はどんどん欲張りになっていったんです。

そうなると、それらは結局、全部お金で買うしかないでしょう？　だから、お金とか、目に見えるものが大事になった。日本人が欲しがったものって、全部、目に見えるものですよ。

でも、ほんとうに大事なもの、そして人間が生きていくのにほんとうに大切なものは、目に見えないものです。目に見えないものとは何か。神様も仏様も、目に見えない。それから、人の心というのも、目に見えません。そういうものが大切なのに、今はそういう目に見えないものの大切さを学校でも家庭でもきちんと教えていない。だから、世の中がこんなに悪くなったんです。目に見えないものというのは、恐ろしいものでもあると同時に、尊いものでもある。そういうことを子供たちに教えてほしいですね。

稲盛　全くおっしゃるとおりです。目に見えるものだけを追い求める一方で、神様や仏様もそうですが、やっぱり人間の心というものを、大事にしてこなかったという、現代の問題があると思います。

　私はジェームズ・アレンという二十世紀初頭に英国で活躍した啓蒙思想家の著作を通じて、人間の心というのは、〝庭〟のようなものだと教えられました。もし〝心の庭〟を手入れしなかったら、そこには雑草の種がいつの間にか舞い落ちて、あっという間に雑草が生い茂ってしまうでしょう。もしあなたが〝心の庭〟を本当に美しく、優しさに満ちた庭にしようと思うなら、こまめに雑草を取り除いたり、肥料や水をやったりして、綺麗な草花の種を植えて丹精込めて育てなければ、ちゃんと美しい花は咲きません。人間の心というものは、そんな庭のようなものなんです——そう書かれているのを読んで、改めて〝心の手入れ〟というのは大切なのだなと思うようになりました。

これは、ずっと仏に仕えていらっしゃる寂聴さんなんかにしてみたら、まさにその一点でやっていらっしゃるので、当たり前のことなんでしょうけれども、私も含めて普通の人間は、ただただ思うままに生きているだけであって、心とは手入れをしなければいけないものだということを知らないいんですね。

己を忘れて他に利する——「忘己利他」という教え

稲盛　心というのは、邪悪《じゃあく》で貪欲《どんよく》な面も持っています。お釈迦様はこれを「煩悩《ぼんのう》」と表現しました。あるいは、これを「本能」と言ってても「自我」と呼んでもいいのですが、とにかく利己的な欲深い心と、逆に「真我《しんが》」と言われる利他的な美しい良心の二つが、人間の心の中には共存しているわけです。

心の手入れをしなかったら、この貪欲で利己的な心のほうが自分の心をすべて覆い尽くしてしまう。そうなると、さっき言ったように、損得でもってすべてを判断するようになるわけです。だから、そのような悪しき心を抑えて、思いやりに満ちた真我や良心というようなものが心の中の大半を占めるようにしなければならないんですね。利己の心を少しでも抑えて、利他の心がいつも活き活きと活躍するように心の手入れをしましょう、と提案したいのです。

じゃあ、その心の手入れというのはどういうふうにやればいいのか。実は私もよくわからないんですけれども、これは「反省」ということしかないんだろうと思うんですね、われわれ凡夫《ぼんぷ》には。お寺にいるお坊さん方の場合には修行されるわけですし、特に禅宗の場合なんかは座禅を組んだりして自分の心を整えられます。しかし、われわれ凡人の場合は、毎日せめて寝る前ぐらいは一日の反省をして、「今日はいいことをしたか、悪いことをしたか」「なぜ悪いことをしてしまったのか」「今度、同じようなことがあった場合にはどうしたらいいのか」と反省することによって、多少なりとも心の手入れができるのではないか。そうすると、世の中も少しよくなっていくんではないかと思うんです。

瀬戸内　「利他」について言えば、天台宗では「忘己利他《もうこ》」という言葉があります。「忘れる己」と書いて、それは普通に読んだら「ぼうこ」だけれども、天台宗では「もうこ」と読むんですね。それに「利他」が付いている。日本天台宗の宗祖、伝教大師最澄の「山家学生式《さんげがくしょうしき》」という論文の中に「好事は他に与え、悪事は己に向かえ、己を忘れて他を利するは慈悲《じひ》の極みなり」という教えがあります。自分のことは置いておいて、とにかく人のためになるようなことをしましょうっていうことです。

そういう意味では、私なんかが天台宗に帰依した動機は、その逆で、まったく不純だったの（笑い）。もともと私が出家したのは、もっといい小説を書きたかったから。自分のバックボーンをもっとしっかりしたかったんですよ。私には、哲学も何もなかったですからね。だから、自分をもっと鍛えたかった。そのために出家したんです。

ですから、私は何も、出家して偉いお坊さんになろうとか、自分のお寺を持とうとか、全然思っていなかったんです。師僧の今東光先生も、坊主とは付き合うな、寺なんか持つなっておっしゃってたから（笑い）。でも、その今先生が、縁があって天台寺の住職になられたあとに亡くなられたので、結果的に、私までお寺を持たざるを得なくなった。そんないい加減な動機から始まったんですけど、出家してわかったことがあるんです。それは、出家したら僧侶としての義務がある。仏様に対して。それは、人のためにする、人のために尽くす「忘己利他」の義務ですね。それを今、果たしているんですよ。こんなに大変な義務があるんだって知っていたら、出家なんてしなかったですよ（笑い）。それを知らなかったから、ほいほいと出家してしまった。でもやっぱり、お坊さんにしていただいたら、この義務を果たさなければいけないのです。

「地獄」と「極楽」の違いは紙一重にすぎない

稲盛　「利他」ということを考える時に、とても面白いたとえ話があります。

これは、ある老師から伺った話なんですが、実は地獄と極楽は、見た目だけからしたらそれほど違いはないそうなんです。どちらにも、大きな釜に美味しそうな「うどん」が煮えている。そして、みんなが一メートルもある長い箸を持っている。

地獄の住人は、われ先にと箸を突っ込んで食べようとするんですが、箸が長すぎて自分の口にうまく運べず、そのうちに、他人の箸の先のうどんの奪い合いを始めてしまう。結局、ちゃんと食べられなくて、うどんを目の前にしながら、誰もが飢えて痩せ衰えている。

ところが極楽では、誰もが箸で摑んだうどんを、向かい側の人に先に食べさせてあげている。だから全員がうどんを食べられて、満ち足りているというんです。

このたとえ話というのは、実に含蓄のある面白い教えだと思います。他愛もないように見えますけれども、こういう話こそ、もっと広く説いて歩かなくてはいけないのかもしれません。

現代はまさに悲惨な、地獄みたいな世の中だと思っておられる方もいるでしょう。今度の大震災の被災者の方だけでなく、たとえば会社からリストラされたり、事故で大損害を受けたり、あるいは家庭内で不和が続いたりと、砂を嚙むような毎日を過ごしている人もいるかもしれません。それで、「なんでこんなにひどい仕打ちばかりが自分に降りかかってくるのか」と思っているかもしれない。けれども、それも心の持ち方しだいで変わる可能性があるということです。

たしかに、現象だけを見たら、今は「逆境」かもしれません。でも、それは受け取りようによっては、つまり、あなたの心の持ち方しだいで、変わっていくということです。

精神的に大変苦しいかもしれない。経済的にもつらいかもしれない。それは非常に深刻な問題でしょうが、それもまた、あなたに与えられた運命です。あなたがそういうふうな運命にあることを真正面から受けとめて、そんな逆境の中でも、「利他」の精神によって、他人のために生きる幸せを見いだすというふうに心を変えられれば、希望が持てるようになるんじゃないかと思うんですね。自分のためではなく、他人のために、もう一回やり直して頑張っていこうと、どんなにつらくとも、貧乏しても頑張っていこうと気持ちを入れ替えれば、様々なことが好転して、必ず将来は開けてくると思うのです。今は悲惨な地獄みたいな現実だと考えているかもしれませんが、それは見方を変えたら地獄ではなくなる可能性がある——そんなふうに、このたとえ話を読み解くことができるのではないでしょうか。

瀬戸内　自分や自分の家族が不幸になったり、会社や学校でつらいことがあったりするのは、大なり小なり誰でも経験することです。でも、それで他の人を憎んだり、世の中を恨んだりしたって始まりません。かえって、自分の心がどんどん真っ黒になっていって、心を映し出している顔も、どんどん醜くなっていきますよ。逆に、そこで他の人のことを思いやることができれば、自然といい笑顔になって、今度は自分を助けてくれる人が出てくるかもしれないでしょう?

稲盛　そうですね。先ほど寂聴さんがおっしゃったような思いやりの心、あるいは慈悲の心と言いますか、利他の心を持って、みんなのためによかれかしと思って、善いことをやっていけば、人生は必ずいい方向に変わっていくということですね。心が邪《よこしま》で、「俺が俺が」と思っていると、やっぱり人生もどんどん暗い方向に落ちていくんだと思うんです。

それを私はよく、「因果応報」という言葉で表現しています。因果応報と言うと、今の若い人たちには何か暗いというか悪いイメージがあるかもしれませんが、そんなことはありません。人間として、他人に善いと思うことを実行していけば、それはとても微妙な変化かもしれないけれども、その人にも必ずいいことがある、ということですね。

また、中国の古い言葉に「積善の家に余慶あり」というのがあります。善い行ない、善行を積んだ一族には子孫代々までいいことがありますよという意味です。これは、理屈ではなしに、人類の長い何千年という歴史の中で培われた言葉なんですね。

どういう運命のもとに生まれていようとも、必ずその人の行ないによって、運命は変わっていくんです。つまり、善いことを続けていれば、必ず人生はいい方向に変わっていく。いや、よしんばそうじゃなかったとしても、いずれそうなるんだと思いたいじゃありませんか。

瀬戸内　でも、それが必ずしもそうはならないのよ（笑い）。そこがまたつらいところでしてね。ほんとに優しくていい人で、他人のためにばかり走りまわって、仕事も一生懸命しているのに、そういう人が勤めている会社が突然つぶれたりするんですよ。そして、何か悪いことばっかりして、ごまかしだらけの会社がどんどん大きくなったりする。そういう矛盾があるのが、この世の中なんですよ。善いことをした人が必ずしも幸せにならないの。悪いことをした人が得をしているということがあるの、世の中には。だから、宗教が要るんですよ。

稲盛　いや、寂聴さんのおっしゃることはわかります。でも、その点についてだけは、少し反論させてください。たしかに善いことをしていらっしゃる人が幸せになれない、なかなかうまくいかない例というのは、我々の周囲でもよくあることです。あんなに人のいい、優しい方が、あんまり幸せそうではないなと思う。逆に、普段から悪いことばかりやっているような人が、どんどんお金持ちになっていく。そんなさまを我々は見るわけです。ところが、世の中よくしたもので、たとえそういう悪い人が成功しても、その成功が人生の最後まで長続きしたためしがないんです。これはもう、はっきりしています。

逆に、善いことをしていらっしゃる方が、それほど幸せそうに見えなくても、実はよくよく話を聞いてみれば、心満たされて、最終的には人間として恵まれた人生を歩んでいらっしゃるということが多いんです。そういう心根の素晴らしい人が、没落していくということはめったにありません。もちろん、人がよすぎたために、借金の保証人なんかをしてしまって、没落される方もおられますけど、それでも、真面目にみんなのために努力している方は、最後には報われると思います。

瀬戸内　私も、ある時期までは、善いことをしたから善い報いがある、というふうな教え方をずうっとしていたんですよ。でも、あんなにいい人が、事故や重い病気になって、かわいそうに死んだっていうのがよくあるじゃないですか。東日本大震災の被災者だってそうですよ。

だから、世の中はもっと複雑で、いくら善いことをしても、生きているうちにその報いなんて返ってこないんですよ。そういうものを期待しないで、善いことをしなさいと。それが、無償の行為なんですよね。

とにかく、「他人に善いことをしたら、自分にも善いことが返ってくる」なんて思うのは、もうすでに、善い報いを期待している、利己的な考えでしょう？　そうじゃない。自分のために何かを期待したって駄目。だけれども、期待しないでいて、ふっと気がついたら、ああ、何かどうしたんだろう、いつの間にかこんなにうまくいっているなと思うことがある。それはやっぱり、仏様や神様がいて、それで自分のことを見てくれているからなんですよ。そのために宗教があって、祈りを捧げる意味もあるんです。

大事なのは「声に出して」「他人のために」「みんなで」祈ること

稲盛　寂聴さんはそもそも、「祈り」というものが持つ力については、どうお考えですか？

瀬戸内　私が思うに、「祈りの力」というのは間違いなくありますよ。でも、それもやっぱり、自分のためにだけお願いするような祈りは効きませんよ。たとえば、「お金持ちになれますように」とか、「娘が玉《たま》の輿《こし》に乗りますように」とか、「孫が東大に合格しますように」なんてのは、絶対に効かないですよ（笑い）。仏様だってやっぱりちゃんと見ていらっしゃるから。自分のことではなくて、他人のために祈ったらいいんです。それは間違いなく効きます。

稲盛 「利他の祈り」ですね。

瀬戸内 そうです。それなら仏様も受けとめてくれる。たとえば今回の震災で、たくさんの方が被害に遭いました。その悲劇はもう、どうすることもできないですよね。でも、「もうこれ以上、被災者の方たちをつらい目に遭わせないでください」と祈ることはできるでしょう？ そういう祈りは聞いてもらえるんです。

ただ、それを私一人が祈ったって、わずかな力ですよね？ みんなが祈れば、大きな力になる。そうしたら、仏様だってそのみんなの祈りを無視できなくなるんですよ（笑い）。だから、やっぱりみんながそれぞれに被災者のために祈る。一生懸命に祈る。それで、大きな力になったほうがいいんです。

稲盛 そうですね。たとえば、人類が平和になりますようにとか、地球上から戦争がなくなりますようにとか、みんなが安心して暮らせる世の中になりますようにとか、そういう一個人を超えた、スケールの大きな祈りを捧げることが非常に大事なんだろ

岩手県・天台寺で行なわれる「青空説法」には、全国から数千人の聴衆が集まる。震災後の法話では、被災者からの要望を受けて、瀬戸内氏自ら祈りを込めて読経した。

うと思うんです。実際、そういう祈りを実践している人には、いろいろラッキーなことも起こってくるんです。直接、自分のことでいい目をみたいと思って祈っているんじゃなしに、社会のために、人類のために、隣人のために祈っている。そういう人には、必ず幸運がめぐって来るんだという気がしますね。

瀬戸内　とにかく、自分のことを祈ったって駄目だってことです。だから、さっきの「忘己利他」ですよね。自分のことを忘れて、他人のために祈りなさい、他人の幸せのために行動しなさいと。

稲盛　やっぱり、祈りというものには、パワーがあるんですね。

瀬戸内　それはありますよ。それと、声に出して祈るほうがいいですね。「言霊《ことだま》」というのも、やっぱりあるんですよ。言葉そのものに宿る力というのがあるんです。だから私はいつも、声に出して言えることだけを祈りなさい、と言っています。たとえば、さっきおっしゃった世界が平和になりますように、という祈りなら、声に出して言っても恥ずかしくないでしょう？　だけど、「うちの亭主が浮気した相手の女が死にますように」なんてのは、やっぱり恥ずかしくて声に出せないじゃないですか（笑い）。だから、ちゃんと声に出せる祈りを、誰に聞かれても恥ずかしくないことを祈ってほしい。「自分の嫌いな姑が早く死にますように」なんてことも、声に出しては言えないですから駄目ですよ（笑い）。

稲盛　わかりやすいですね（笑い）。

瀬戸内　ああ、それで面白い話を思い出したわ。昔、寂庵での法話に必ず来るおばあちゃんがいたんですよ。そのおばあちゃんは、なぜだか必ず法話の開始時間に遅れて来るの。なんでいつも遅れて来るのかなと不思議に思って、「あなた、どうしてせっかく毎回来るのにいつもちょっとずつ遅れて来るの？」って聞いたら、家は大阪なのに、寂庵に来る時は必ず奈良にある〝ぽっくり寺〟っていうお寺に立ち寄って、それから寂庵に来るんですって。そうすると、どうしてもちょっと遅れてしまうっていうんですよ。

　ぽっくり寺って、苦しまずにぽっくり往生できるという信仰があるらしいんです。それで、「あなた、そんなにぽっくり死にたいの？」って聞いたら、そうじゃなくて、自分はもっと長生きしたいというんです。「私じゃなくて、うちのおじいさんがこのごろ、うるさいことばっかり言ってきてしょうがないから、それで早くぽっくり逝《い》きますように、って拝みに行っているんです」なんて言うんですよ（笑い）。

稲盛　ははは、それは傑作ですな。

瀬戸内　それからしばらくしたら、急にそのおばあちゃんが来なくなった。二回も続けて来ないから、風邪でも引いたのかなと思って心配して、名簿に書いてあった番号に電話してみたんですよ。そしたら、おじいさんが出てきた。それで、おじいさんに「おばあちゃん、最近うちに見えないけれど元気ですか？」って聞いたら、二か月前にぽっくり死にましたよって……。

稲盛　祈りが通じたんですね（笑い）。

瀬戸内　そうなんですよ（笑い）。だから、ぽっくり寺も、やっぱりちゃんと名前を声に出して、「うちのおじいさんをぽっくり死なせてください」って言わなきゃ駄目なのね。はっきり名前を言わないから、仏様もつい間違って、おばあさんのほうをぽっくり逝かせちゃったのよ（笑い）。

これ、ほんとの話なんだけど、おじいさんは、まさかおばあさんから自分がぽっくり死ぬように拝まれていたなんて知らないから、みんなに笑い話として教えてあげているんです。

稲盛　でも、僕なんかはむしろ、自然に寿命がきたら、そのおばあちゃんみたいに、ぽっくり逝くのが理想ですけどね（笑い）。

「笑いの力」——不幸は悲しい顔が好きで、幸せは笑顔が好き

瀬戸内　私だって、こんなに長く生きるとは思っていなかったから、こんなに生きるんだったら、もっと自分が好きなことができるように、もうちょっと違う人生設計を考えておくんだったと、今つくづく後悔しています。

というのも、一時期動けなかった時は、腰が治っても、たぶん車椅子の生活にはなるだろうと思っていた。だって、数え九十でそんな状態になったら、普通はもうボケて、寝たきりになるでしょう？　そうなれば、体はどんどん弱くなります。たとえ腰が良くなったとしても、足が弱くなっているから、やっぱり車椅子ですよね。だから、お見舞いに来る人たちもみんなこうやって、私の足元を覗き込むようにして、様子を見るんですよ。車椅子になったら、もう使いものにならなくなるかなと思って、見舞いに来てたのね。葬式はいつごろになるのか、それを確かめるために来ているのがよくわかるんだから（笑い）。

それで、自分でもこれは車椅子になるんだろうなと思った時に、ああ、しまったと思った。もう亡くなられたけど、大庭《おおば》みな子さんという作家が晩年に車椅子生活になりました。脳梗塞で倒れてしまって。でも、利雄さんっていう素晴らしいご主人がいらして、そのご主人がずうっと大庭さんの車椅子を押して、亡くなるまで面倒をみたんです。それを私は近くで見ていたんですよ。

それを思い出して、ああ、私も車椅子を押してくれる男を一人ぐらい残しておけばよかったなと、つくづく思ったんですよ。私、昔の男たちは、みんな振ってしまっていて、誰も残っていない（笑い）。今からじゃあ、ちょっともう誰も来てくれないいなあと思って、一人ぐらいそういう〝車椅子男〟を置いておけばよかったと後悔しています。

稲盛　いや、まだまだお元気でいらっしゃるのが一番ですよ。それにしても、半年も寝たままでいて、気分が塞《ふさ》ぎこむようなことはなかったんですか。

瀬戸内　それはなかったですね。ただ、また小説が書けるようになるかということだけしか頭になかったの。

それで、することがないでしょう？　とにかく書けないし、読めないんだから。ずっとこうして寝ているわけでしょう？　ほんとにちょっとでも動いたら痛いんですよ。それで、ある時ふと考えついて、仰向けに寝ながら、自分のお腹に指でね、こうやってお腹をなぞるように、般若心経を写経してみたんです。

稲盛　ほう。

瀬戸内　そうすると、不思議と痛みを忘れるんです、書いている間は。それで、写経というのは、こんな格好でやってもいいんだなと思って……。そうやって写経すると、お経もよく覚えられるし、漢字もちゃんと思い出すから、ボケ防止にもいいんですよ(笑い)。

稲盛　それはいいですね(笑い)。

それにしても、こうしてお話ししていてもそうですが、寂聴さんのお話はほんとに楽しくて元気が出てきますね。ちょっとしたことで笑わせつつ、聴衆の心に染み込んでいくような……私も一度、法話を聞きに行きたいと思っているんです。

瀬戸内　天台寺の青空説法は、毎回バスが何十台も集まって、全国から三千人とか五千人、多い時には一万人も聴きに来るんです。それなのに、今年の春の法話は、私がまだ寝たきりで行けなかったんですが、そうしたらバスが一台しか来なくて、天台寺のみんなが青くなったそうです。

稲盛　でも、それだけの聴衆を前に、それぞれの心の中に染み込んでいく話をするのは大変ですよね。ちょっと頭のいい人がいくら上手にしゃべったって、心に受け止めてもらえませんから。ほんとに一人一人の心に届けようと思うと、しゃべるほうも相当疲れると思いますが。

瀬戸内　そりゃ、疲れますよ。下は赤ちゃんから、上は九十歳までいるでしょう？　男も、女もいるでしょう？　その皆さんが、遠いところから岩手の山寺までわざわざ来てくれたんだから、満足して帰ってくれなきゃ申し訳ないじゃないですか。だから、しゃべっていても聴衆がつまらなそうな顔をしていたら、パッと話題を変える。みんなの顔を見ながら、どんどん、どんどん変えていくのよ。そうしてみんなが飽きずに笑顔になれる話をするようにしています。

それで私は、法話をしたら、必ず最後に質疑応答の時間をつくるんです。そうすると面白いですよ。何千人も聴いている人がいるのに、よくこんなこと言えるなっていうプライベートなことを平気でどんどん言い始めます。「うちのお父ちゃんがまた浮気しまして……」とか「姑のいじめがひどいんです」とか。それだけで、みんなが大笑いよ。

稲盛　もうそこに独特な場というか、フィールドができているんでしょうね。寂聴さんの持っておられる人間性にともなう、人に心を開かせる場が。だから、恥ずかしいとかなんとかっていうのは全部消えてしまって……。

瀬戸内　結局、その人は私の顔しか見ていないのね。何千人もいるんだけど、私の顔だけ見て一生懸命話しているから、みんなが話を聴いているということを忘れている。そうすると他の人も、「私の話も聞いて」「私も言いたい」となる。死んだらこの家のお墓に入りたくないとか、死んだ後も姑と一緒だと思うと嫌ですとか、そんなことを言う。それで私が、みんな同じ考えの人は手を挙げてって言うと、わあーって手が挙がる（笑い）。

そんなところでも、みんなを笑わせているの。

稲盛　それは楽しそうですね。

瀬戸内　笑うことは、とても大事です。もう絶対に不幸は悲しい顔が好きなのね。それで幸福は笑顔が好きなの。とにかく笑顔になったら病気も耐えられるし、貧乏でも頑張れるし、やっぱり笑顔が大事なんですよ。

稲盛　さっきの不真面目じゃないですが、大変な時ほど明るさや笑顔は大事ですね。

瀬戸内　そうです。笑うっていうのは心の余裕だから。嘘でもいいから、ニコッと笑っていたらいい（笑い）。そうすると健康になりますし、周りの人だって明るくなりますよ。

第四章

日本を変えよう、今

——「小欲知足」と「慈悲」を忘れた日本人へ——

被災地の復興や原発の処理だけではない。
今の日本には、難題が山積している。
財政赤字、景気低迷、そして子供たちの教育と「心」の問題……。
いつまでも悲観していてもきりがない。
自分が変われば、「地獄」も「極楽」に変わる。
日本人は、まだまだ変われる。

非常時には非常時のルールを導入せよ

瀬戸内　それにしても、今の日本では、笑顔どころか暗い顔をしている人が多いですね。それはやっぱりよくないと思うの。こうやって対談している段階ではまだ、この本にどういうタイトルがつくのかわかりませんが、私が今、一番言いたいのは「日本を変えよう、今」という一言に尽きるんですね。何をどう変えるかは、このあとお話をしていきますが、とにかく〝いつか変えよう〟とか、〝誰かがどうにかするだろう〟とか、そんなのんびりしたものじゃないんです。今、自分たちが変えようと思わないと。そのぐらい、私の中には切迫感があります。

稲盛　いや、まったく同感です。日本を変えようという強い意志が必要ですよね。国が自発的に変わるとは思えない。今、国民みんなで本気になってこの国を変えようと思わなかったら、日本はほんとうに駄目になる。

瀬戸内　実際、そう思っている人は増えてきていると思う。震災が起きて、原発事故が起きて、もうこんな日本は嫌だと思っている。もう変えたい、今、変えたいと。

稲盛　でも、どうやって変えていくのか。真っ先に変わるべき政治家や官僚自身が古いルールに縛られていて、日本を変えようと思っていないことが問題です。

私はたまたま今年（二〇一一年）の六月に、原発事故のあった福島県の飯舘《いいたて》村から南相馬《そうま》までの地域を案内していただく機会がありました。というのも、私がボランティアでやっている「盛和塾《せいわじゅく》」の福島での開塾式があったんです。盛和塾といいますのは、中小企業の若手経営者の勉強会でして、全国の都道府県に塾がありますが、たまたまこれまでは福島県になかったんです。それで、福島県内の百五十名ぐらいの経営者が集まって昨年から開塾に向けて準備を進めておりました。ところが、今度の三月十一日の震災が起きて、これは開塾式の日どりを延ばしたほうがいいんじゃないかとも思ったのですが、むしろ福島の経営者の方々からどうしてもやってほしいという声があがりまして。その声に応えて、当日は全国から六百名ぐらいの経営者の方たちが福島に馳《は》せ参じてくれたんです。

瀬戸内　すごいですね。

稲盛　はい。地元と合わせ、総勢八百名ぐらいの経営者が集まっての開塾式を福島の郡山でやったんですが、その入塾者の中に前の福島県知事の佐藤栄佐久さんがおられて、翌日、ぜひ現地を見て行きませんかと誘ってくださったんです。

それで、飯舘村からずうっと、原発の警戒区域である二十キロ圏内ぎりぎりのところを通りながら、南相馬まで車を走らせ、実際に被災地を見せてもらいました。ほんとに車で入られるぎりぎりのところまで連れて行ってもらって、そこからさらに仙台まで、ずうっと海岸沿いの通りを車で案内していただきました。そうしましたら、あたり一面が瓦礫の山で……それはすさまじい光景でした。

私なんかは終戦の時の焼け野原を知っているものですから、どうしてもそれとダブってしまいますね。見渡すかぎりほとんど人影はないんですが、ときどき、瓦礫を一生懸命に集めて片づけたりしていらっしゃる方がいました。しかし、聞くところによれば、そのような瓦礫の処理が法的な規制もあり、なかなか進まないとのことでした。たしかに今は、公害うんぬんの問題があって、法律的には落ち葉を燃やすのも禁止されていたりするらしいですが、今回のような千年に一度あるかないかという非常時には、そんな平時のルールに縛られていないで、できるだけ早く処理できるようにしたほうがいいと思うんです。あるいは、早期の復興のためには、地元の漁業者がすぐに船を調達できるようにしたり、農家や畜産業であれば田畑や牧場を再開できるようにするために、銀行と協力し合うといったことも行政はできるんじゃないかと思いました。

それで、その前知事の佐藤さんに聞きましたら、結局、関係省庁ごとに、それぞれいろんなルールがあって、何をするにも一つ一つお伺いを立てなくてはできないらしいんです。その後、徐々に改善策がとられるようになったようですが、まずは、こんな緊急の時に、平時のルールを守っていたんでは、どうにもならないんですよ。

瀬戸内　そう、非常時ですからね、それはおかしいわ。

稲盛　まさに非常時なんですよ。だから、そういう場合は総理大臣が決めて、非常事態宣言かなんかを出して、従来のルール、法律をご破算にしてでもやればよかったと思うんですけど、やっぱり各省庁の縄張りがいっぱいあって……。

瀬戸内　くだらないですよね。

稲盛　知事でも勝手にできないというわけですからね。だから、現地の悲惨な状況を見ると、余計にこれは大変なことになったなという気がしましたね。

瀬戸内　瓦礫の問題もそうですが、ほんとに今の政府はイライラするほど対応がゆっくりでしょう？　だから政治家もおかしいんです。時期が時期ですから、内輪もめなんかしている場合じゃないでしょう？　短い時間で、一年間とか一年半とか区切って、それで各党に一人や二人はましなのがいるでしょう？　そういう人材を出し合って、その人たちで臨時内閣をつくるとかできないのかしらね。非常時は非常時のルールでやればいいんですよ。どうしてそれをやらないかと思いますね。そこまでやっていたら、国民は納得しますよね。

〝九十年〟生きてきて、今ほど贅沢な時代はない

稲盛　最近の日本のことについていろいろと考えてみますと、東日本大震災が起きる前の国家の税収は、三十七兆円。それなのに、歳出のほうは九十二兆円ちょっととということになってしまっています。これを身近な家計にたとえてみますと、ご主人の給料が月に四十万円を切るぐらいしかないのに、毎月九十万ぐらいの支出をしているということです。そんなこと、普通はありえないでしょう？　その結果、日本の債務残高というのが約九百兆円、つまり家の借金が九百万円ぐらいに膨れ上がっているんです。問題は、この借金を返すあてがないまま、さらに借金だけがどんどん増えていっ

ていることです。

瀬戸内　国のお金のことは、私にはよくわかりませんけれども、他の国と比べても悪いんでしょう?

稲盛　はい。この債務残高は、国のGDP（国内総生産）の二〇〇パーセントを超える金額です。これは、世界の中でも極端に悪いんですね。日本を除きますと、今EUを苦しめているギリシャやイタリアなどは一〇〇パーセントをいくらか超えていますが、それでも日本の半分です。あとは先進国だけでなく、発展途上国を含め、ほとんどの国が一〇〇パーセントどころか八〇パーセントもいかないんですね。その中で、二〇〇パーセントを超える数字というのは、やっぱり異常なんです。せめて収入（歳入）の範囲内で生活をしていこうと思っても、すでにものすごい借金になってしまっていますし、精神的にも、なかなか実行できないだろうと思うんですね。

われわれ日本人は戦後ずうっと頑張ってきて、アメリカに次ぐ世界第二位の経済大国となるまで努力に努力を重ねて来たわけです。先ごろ、中国に世界第二位の座は譲りましたが、それでも、ずうっと自分たちは世界で一、二を争う経済大国なんだと思っています。だから、国連のような国際的な組織や各国とのお付き合いにしても、日本国内でのいろいろな景気対策にしても、自分たちはやはり華やかな世界第二位であったころのお金持ちだという気持ちで今でもいるものですから、四十兆円を切るような収入しかないのに九十兆円を超える支出をしてしまう。

周りの人から、そんなことはもう続けていけませんよと言われているのに、「それでもやっぱりお金が要るんです、景気も悪いから、政府にもっとお金を使ってもらわなければいけないんです」と言って、他人の意見を聞く耳さえ持たない。でも、これじゃ、どうやったって続けていけないんです。私からすれば、結局、誰も国の財政というものを本気で心配していないんじゃないかとすら思いますね。

ですから、私がここで寂聴さんにお聞きしたかったのは、やはりここまで来ると、お釈迦様が言われた、「ほどほどにしなさいよ」という精神、すなわち「足るを知る」ということをもう一度、みんなで考えたほうがいいんじゃないかと思うんです。いくら今まで贅沢ができたからといって、それがいつまでも続きはしませんよ、少しは目を覚ましたらどうなんですか、ということを、みんなに言うべき時期に来ているんじゃないかと思うんですが、いかがでしょうか？

瀬戸内　そうですね。今、みなさんが苦しい苦しいって言いますけどね。もちろん、被災地の方々はほんとうにまだ苦しんでいる最中でしょうし、被災地以外であっても大変苦労されている方はたくさんいるんでしょうけれども、一般の人たちの生活ぶりを見る限り、今の日本ほど贅沢な世の中はないですよ。私はもう、九十になって人生終わりだから（笑い）、こういうふうに言えるんですけど、自分が生きてきた時代を思い出してみて、こんなに日本人が贅沢に暮らしている時期というのはなかったと思いますね。

食事にしたって、今はほとんどの人が朝、昼、晩、ちゃんと食べられるじゃないですか。一日三食ちゃんと食べられるなんていうことは、戦争中はとても考えられなかったことです。それより昔も、飢饉や自然災害で餓死する人が何人もいたんですからね。赤ちゃんだって、生まれてまもなく栄養失調や病気で死んでしまうことは日常茶飯だったんですよ。今は、忙しくて時間の余裕がないから食べられないなんてことはあっても、コンビニとかファストフードとか、いろんな食べ物があるから、飢え死にするなんてことは、なかなかないじゃないですか。

それどころか、逆に太りすぎて、女の人なんか、太りすぎないように下剤を飲んだり、食事の後に口の中に手を突っ込んで食べたものを吐き出したりして、そうまでして痩せようとしている。もったいない話ですよ。今の日本では、食べ残しがどれほどたくさん捨てられていますか。カラスが群れになってゴミ置き場に食べに来ているじゃないですか。だから、考えてみたら、やっぱり相当贅沢をしているんですよ。無駄なこともいっぱいしているんですよ。

それから、着るものだって、今はどうやって捨てようかって言ってるじゃないですか。もうみんな下着なんかもたくさんありすぎるから、そう言うんですよ。最近は「断捨離《だんしゃり》」とか言って、「捨てることがいいことだ」なんていうブームがあるみたいですが、それこそおかしいですよ。私なんかは、戦争中も生きてきていますから、簡単にものが捨てられないんです。もったいないと思って、なんでもとっておきます。

稲盛　私もそうですし、うちの家内もおんなじですよ。だから、家の中に古いものがいっぱい溜まってしまって、今度は置く場所がないんです。

瀬戸内　そう、そう。それで今度はまた新しいタンスを買わなきゃいけない（笑い）。そうすると、寂庵の若いお手伝いの女性なんか、「庵主の気が知れない」って言う。「どうして庵主は、もう着ることもないこんなボロを大事にするんですか」って。だけど、どうしたって捨てられないんですよ。

昔はね、お米一粒でも洗い流したりしたら、ほんとに叱られたものですよ。「その一粒のお米の中には仏様がいらっしゃる」とか「神様がいらっしゃる」とか、そういうふうな教育をされましたよね。でも今は、そんなことはまったくないでしょう？昔に比べたら、みんな贅沢が当たり前になってしまっているんですね。

稲盛　今度の原発事故で、みんなで節電をしようということになりましたけど、電気だって、これまでが贅沢に使いすぎていたんじゃないですかね。

瀬戸内　そうですね。この夏は、東京電力だけじゃなくて、関西や中部でも電力が足りないから辛抱しろっていう命令が出ましたでしょう？　寂庵なんか、家の中を全部電化しているから、やっぱり不便なんですよ。

もともとは、ガスも使っていたんですけど、私は本を読んだり仕事をし始めたら、コンロのことより、ついそっちのほうに夢中になるんです。そうすると、火をつけていたのを忘れてしまって、気がつくともう部屋中が煙だらけになってるの（笑い）。今までにやかんの底を二十個も抜きましてね。それでもう、うちのお手伝いさんが「危なくてしょうがない」と心配して、台所も全部、電化したんです。オール電化だと、たしかに便利だし安心なんですが、停電になってしまえばとても不便なんですね。

でも、考えてもごらんなさい。ついこないだまでは、家の中にクーラーなんてなかったじゃないですか。たとえば、私がものを書き出して、初めて賞をもらったのは、『女子大生・曲愛玲《チュイアイリン》』という作品でしたけど、それを書いていたころはちょうど夏で、当時はクーラーはもちろん、扇風機だって高くて買えなかったから、首に氷嚢《ひょうのう》を巻きつけて、頭にも氷をくるんだ鉢巻きを巻いて、それで書いていたんですよ。その作品が、文学賞をもらったんだから、クーラーがなければないで、人間は何かしら工夫してやるんですよ。今はだから、贅沢しすぎているんです。昼間はテレビを消してもいいし、電子レンジの代わりに七輪を使ったっていい。ちょっと昔の不自由な暮らしに戻れば、やってやれないことはないと思いますけどね。

これから求められるのは「忍辱」の精神

稲盛　今は地球そのものが限界に来つつあるとも言えます。

たとえば現在、世界の人口は七十億人ほどですが、今の人口の増加率でいきますと、二〇五〇年には九十億人を突破するのではないかとも言われています。そうした中で、日本やアメリカをはじめとする先進諸国は当然、経済成長しなければ税収も増えませんから、どうしても成長、成長と、政治家でも経済界でもみんなが成長と言うわけですね。一方、途上国の人たちにしても、もっともっと先進国に近づきたいと思って、みんなが生活レベルを上げていきたいと考える。そうやって経済成長を続けていきますと、もちろん文化レベルも、それから生活レベルもすべてが上がるわけです。衣食住から耐久消費財や贅沢品まで、人類等しくみんながどんどん求めるようになります。そうするとどうなりますか？

二〇五〇年には——と言っても、今からあと四十年弱しかありませんが、人口が七十億人ぐらいから九十億人以上にまで増えて、さらに全体の生活レベルが上がるわけですから、このままいけばおそらく食糧が枯渇してしまうんではないかと思います。もちろん、食糧だけでなく、石油などのエネルギーもそうだし、水もそうです。みんなが今のペースでもっと豊かになろう、経済をもっと成長させようと欲張っているうちに、地球の限界はもうすぐそこに来てしまっているのではないかと思うんですね。だからこそ、私は、お釈迦様が言われた「足るを知る」という考え方が、今こそ必要だと思います。

瀬戸内　お釈迦様がおっしゃった「小欲知足《しょうよくちそく》」というのは非常に深い意味の言葉で、単に今、日本が景気が悪いからもったいないことはやめましょうっていう話じゃないんです。はじめから、人間はそういう贅沢をしちゃいけないんですよ。

お釈迦様の時代でも、やっぱり豊かな人と貧乏な人があったんですよね。だから、それをお釈迦様は不公平だと思って、ご自分はもともとインドの釈迦族の王子様だから贅沢ができて、実際に贅沢をなさっていたんですけれども、あえて出家して、ほんとに貧しい生活をしたんですよね。それはやっぱりすごいことだと思います。

稲盛　でも今、寂聴さんがおっしゃったように、じゃあ、お釈迦様が教えてくれた「小欲知足」を守りましょうということで、もう少しこの贅沢を戒《いまし》めようと、そんなことを言ったら、そんな今さら江戸時代に戻るみたいなことできるわけありませんという反論が日本など先進国では必ず出てきます。また発展途上国では、もうちょっとみんなが希望を持てるようにしたい、もっと繁栄したい、もっと豊かになりたい、と希求し、それを否定することは難しいわけです。

それでも私は、地球には限界があって、これ以上の豊かさを求めてはいけないんだ、またみんながみんな繁栄していくなどということはできないんだと、今、言わなくちゃいけないと思うんです。

瀬戸内　豊かになって、また子孫が増えて、もっと豊かになって、さらにまた子孫が増える……。それを繰り返していたら、いずれ地球がもたなくなりますね。

稲盛　じゃあ、「足るを知る」を実践するためにどうするか？　私は、ここでもまた、お釈迦様の考え方が役に立つと思うんです。仏教の「六波羅蜜《ろくはらみつ》」という六種の修行の方法の一つに、「忍辱《にんにく》」というのがあります（六波羅蜜は、布施《ふせ》・持戒《じかい》・忍辱・精進《しょうじん》・禅定《ぜんじょう》・智慧《ちえ》）。苦しみや侮辱にも耐え忍んで我慢する、ということですね。これは、お釈迦様が、人間が生きていくのにはこの忍辱というものが大変大事なんだと教えてくれているわけです。こういった耐えるということによって、もう少し心安らかな、穏やかな社会に変えていけないものかと思うんですね。

そんなことを言うと、稲盛は何を呑気《のんき》なことを言っているのかとお叱りを受けるか

京都・嵯峨野の寂庵にて。「人間は知識だけ追いかけ、知恵を鍛えることを忘れていた。もっと自然というものに謙虚にならないといけない」

もしれません。ですが、私はあえてそれを言い出さなきゃならない時期に来ているのではないかと思うんです。一人、経済界にあって、経営者であるのにそんな成長・発展を否定するようなことを言いだしてと、笑われるかもしれませんが、しかし、それを生きているあいだに言わなければ……と思って、いろいろなところでこういう話をしています。

私も、今年（二〇一一年）の一月で七十九歳になりました。寂聴さんとはちょうど十歳違うんですけれども、私は、寂聴さんみたいに長生きはできないと思うので（笑い）、今のうちに言わなきゃいけないことだと思って、あえて言っているんです。

瀬戸内　いや、七十代はまだまだですよ。人間、八十を超えてみないと何もわかりませんからね（笑い）。

それから、無駄な贅沢は戒めないといけませんが、それだけじゃなくて、今回の震災で思ったのは、人間は自然に対してもっと謙虚にならないといけないということですね。自然災害、天災というのはしょっちゅうあるし、あって当たり前なんです。それを、私たちは思い上がって、人間の知識で防げると思っていた。でも人間の知識なんてたいしたことないですね。原発の事故だって防げなかったじゃないですか。今年の台風による被害も、ひどいものですよ。毎年毎年、台風が来て大騒ぎするけど、人間は、台風の目ひとつポンとつぶすことすらできないじゃないですか。

人間は、もっと自然というものに畏《おそ》れを感じて、謙虚にならないといけないと思いますね。

今ほど「心」が暗くて悪い時代はない

稲盛　今はあまりにモノが豊かで、便利になった半面、人間関係が希薄化したり、いろいろとつらいことがあるもんだから、今を生きている若者も、歳をいった我々も含めてですが、心が穏やかでないと言いますか、しょっちゅう気持ちが揺れ動いているような時代じゃないかと思うんです。すぐに腹が立ったり、キレて収拾がつかなくなったり、非常に心が乱れていると言いますか……。苛々してしまうと、どうしても凶暴な犯罪に走ったり、自分を追い詰めたりしてしまうんじゃないかと思うんですよ。

瀬戸内　さっき、これまで生きてきて今ほど贅沢な時代はない、昔に比べたらいいほうだと言いましたけど、「心」の問題で言えば、今ほど暗くて悪い時代はないですよ。

そりゃあ戦争中は、ほんとにひどい時代でしたよ。だけど、私たちは「この戦争は聖戦だ」っていうふうに教えられていましたから、自分たちが何か悪いことしているなんて、これっぽっちも思っていなかったんですもの。だから、兵隊さんを送り出す時でも、万歳万歳って送り出してね。それで、大本営発表だけ聞いて、ああ、勝った勝った、また勝った、なんて喜んでいたわけでしょう？　食べるものがなくて苦しくても、それは戦争のためだっていうふうに思っているから、そんなに皆さんが言うほどには悲惨で暗い時代じゃなかったんですよ。

稲盛　ほんとですね。たしかに国土が焦土と化し、焼け野原に立ち尽くしていましたが、まだ未来に対してもっと希望とかがありましたよね。

瀬戸内　何かちょっと違うのよ、戦争に対する言い方がね。みんな、そんなに心はすさんでいなかったんですよ。だって、自分たちはいいことをしていると思っているんだもの。だから、アジアや東洋の平和のために、天皇陛下のために、そして自分たちの子孫のためにって、そういうふうに信じていたから、みんな生き生きとしていたんですよ。

今また、百年に一度の世界的不況だとかなんとかって言っているでしょう？　それで倒産が増えているとか暗い話ばっかり流れますね。そう言われて思い出すのが、私が幼稚園のころですから今から八十年も前になりますけど、ちょうど今みたいな世界的な不況が来たんです。

稲盛　一九二九年の世界大恐慌と翌年の昭和恐慌の時ですね。

瀬戸内　私はまだ小さかったのに、よく覚えているんです。なぜそれを覚えているかと言うと、世の中は不景気で、うちの父親がまた他人の連帯保証人になって判子を押しちゃったものだから、我が家にお金がなくなってしまったんですね。仕方がなくて、その当時、小鳥屋が流行っていたから、うちは一時期、小鳥屋になったんですよ。もともと、うちの父が小鳥が逃げないような鳥かごを自分で発明して作ったんです。えさをやる時も逃げないような工夫をしてね。で、その鳥かごがよく売れたんです。それで、こんなに鳥かごが売れるんなら、いっそ小鳥屋をやったほうがいいっていうので(笑い)、小鳥屋を始めたんですよ、私が幼稚園の時。父はいろいろ考えて、流行っているお店には看板娘というのがいるじゃないですか。それと同じ発想で、九官鳥を買ってきて、看板にしたんですね。「娘」じゃないから、「看板鳥」っていうんですかね(笑い)。そしたら、その九官鳥が、「いらっしゃい、いらっしゃい」なんてしゃべるの。それが近所でも評判になって……。

稲盛　なかなか賢い広告宣伝ですね。

瀬戸内　そうなんですよ。でも、ある日突然、その九官鳥が「不景気でんな」って言いだしたんです（笑い）。これ、ほんとの話。店に来るお客がみんな、座ると同時に「不景気でんな」って言うもんだから、九官鳥がその言葉を覚えちゃった。それで、もう「看板鳥」としての値打ちがなくなりました。

そのころ、やっぱり「大学は出たけれど」なんていう歌が流行りました。それを覚えているから、私にとっては、またあれが来たかっていうふうな感じなのよ。だって、しょうがないでしょう？　貧乏したらなんでもいいから仕事見つけて働かなきゃいけない。みんな、なんとかして食べようということでやっていたんですよ。だから、同じなの、歴史は繰り返すんです。

今の人たちは、楽をしたいということばっかり言う。ほとんどの不平不満は、楽じゃないからと、怒っているんですよ。その楽っていうのは、自分の欲望が肥大していて、その欲望を全部満たそうとするから、腹が立つんですよね。だけど、欲望が小さかったら、ああ、これで十分、ここで幸せと思うじゃないですか。だから、仏教は欲望を抑えなさい、ということを教えているんですね。

　幸せというのは、どういう状態を指すのかと言うと、やっぱり心が自由になることでしょう？　だから、お金があろうとなかろうと、あるいはどれほどお金が儲かろうとも、そんなことは関係ないんです。健康で、それでいて、心が自由だったら、それはもう一番幸せですよ。

稲盛　心が自由というのは、何にも執着しないということですね。

瀬戸内　そうです。煩悩が少なくなること。だから、あれが欲しい、これが欲しい、あいつが憎いとか、しゃくにさわるとか、そんなことじゃないの。

稲盛　単に「幸せとは、心が自由になることだ」と言っても、誤解する人が多いかもしれませんね。なにか、自分の好き勝手にやれれば幸せなんだ、というように。でも、寂聴さんがおっしゃっておられるのは、そんな矮小《わいしょう》なことではなくて、とらわれた心から離れるということですよね。

　おそらく、寂聴さんと私とが共通するのは、過去や遠い未来ではなくて、とにかく「今」にこだわって生きるということではないかと思います。私も、長期的な視点よりも、まさに今、目の前のことについて自分がいいと思うことをやっていく。先のことばっかり考えて、それにとらわれていたら、いつまでも心は自由になりませんから。

瀬戸内　そうですよ。先のことなんて、どうなるかわからないじゃない。今ここに、何か変なものがどーんと落ちてくるかもしれないし（笑い）、それは自分の力ではどうにもならないもの。逆に、過ぎたことをくよくよしたってしようがないでしょう？もう済んだことなんだから、今さら何をやったって、間に合わないでしょう？　だから今を精いっぱい、もう切《せつ》に生きるということですね。

稲盛　そうですね。だから、今、不況ですけれども、愚痴をこぼしている暇なんてありません。みんなが苦しいんです。だからとにかく今、一生懸命生きましょう、ということですね。だって、どんな時代でも、生きられないはずはないんですよ。

瀬戸内　そうですよ。その中で、理想の仕事がないだとか、こんな仕事はやりたくないとか、贅沢を言うなっていうの。

稲盛　もっと必死で今を生きろよと言いたいですね。私は、この不況を克服するためにも、みんながもっと今を大事にしなければいけないと思います。必死で生きていけば、きっと活路は見えてくる。それなのに、すぐに先のことを考えて、どうせそんな一生懸命に働いてもしょうがないんじゃないかと諦めてしまったり、適当にやっていたってなんとかなるだろうと思ってしまう。それがいけないんだと思いますね。

人に人でなしのことを言うと、自分が苦しい

稲盛　先ほども申し上げたように、今はみんながしょっちゅう怒ったり苛々したりで心が乱れている。それが世相を悪くしている原因だという気がしますが、実は私自身も最近、つい苛々してしまって、心が乱れるといかに大変かということに、自分で気づかされる出来事がありまして……。

瀬戸内　何があったんです？

稲盛　ある政治家の方と一緒に食事をしながらいろんな話をしたのですが、その方が、八方美人的にあれもしたいこれもしたい、ついては私どものような経済界の人間にも、もっと協力してほしい、とおっしゃるんです。私はその方の言葉を聞いていて、「あなた、立派なことをおっしゃるけれども、みんなに悪く思われたくないというので、そんな八方美人で焦点の定まらないようなことを言われたって、他の人は協力なんてできませんよ」と申し上げたんです。「もっと大義名分のある、使命感に裏打ちされ

た確固たる方針を決めて、誰が何と言おうと私はこれをやります、というぐらいのことを言われなきゃ、我々だって協力できません」「あれもこれもと、そんな欲張りなことを言われても困ります。あまりにも自分勝手すぎるんじゃありませんか」と反論したりしました。日本の国政を与《あずか》る方の不見識に、大変腹が立ったんですね。それで、つい腹立ちまぎれに、オンザロックの焼酎をその場でぐいぐい飲んだりして、思わず、厳しいことも申し上げてしまいました。そして、家に帰ったんですけれども、夜帰ってから、ベッドに横になってみても、胸がこう……。

瀬戸内　煮えくり返ったんですか。

稲盛　いや、煮えくり返ったというんじゃなくて、非常に不愉快というか、「嫌やなあ」と思ったんです。

人に人でなしのことを言ったら、やっぱりこうも自分の心が穏やかでなくなるものか、と思い至ったわけです。いろいろなことで人に腹を立てたり、苛々したり、悪口を言ったりして心が安らぐことが少ない人は、しょっちゅうこんないたたまれない気持ちになるんだろうなと思いました。子供がキレるという問題も、まあ大人でもそうですけれども、心が安らぐことがない人には、よくあるんだろうなと。

それで、改めてお釈迦様が教えてくれているように、思いやりの心というか、感謝と思いやりの気持ちで生きていこう——そう、心を入れ替えないと駄目だと思ったんですね。もう馬鹿と言われようと何と言われようと、相手を怒鳴りつけたり、悪口をぶつけたりしないで、いつも感謝と思いやりの気持ちで生きていけば、少なくとも自分の心は安らかで穏やかにいられます。それが、どれほど大切なことかという気がしましてね。歳がいってしみじみ、それを感じたわけです。

会社でも家庭でも、人に人でなしのことを言って、心安らかになれずに毎日を過ごしている人も多いだろう、そういう人たちはかわいそうだなと思います。お釈迦様の教えのとおり、毎日毎日を感謝して生きましょうということを、ぜひお勧めしたいと思います。

瀬戸内　だんだん仏様みたいになってきましたな（笑い）。

稲盛　いや、ほんとに私はそう思ったんです。そんな思いに至ったことで、私は自分が救われた。また、そういう一人一人の思いが〝世直し〟につながるかもしれないと思うんですけどね。

瀬戸内　それもやっぱり、さっき言った相手のことを思いやる想像力があるかどうかということですよね。

稲盛　ええ。他人を無闇に怒鳴《どな》ったり悪く貶《おとし》めたりする人は、相手のことまで想像する余裕がないんでしょうね。おっしゃるように、今はそういう他人に対する想像力がない人が多い気がしますね。

お釈迦様が説いた「布施」など、まさに思いやりです。お釈迦様は、この「布施」を、六波羅蜜の修行の第一に挙げているんですね。それほどお釈迦様が大事だと考えていたということです。他人を貶めるような競争とか他人を排除する縄張り争いとかいうものとは対極にある考え方ですよ。まったく見ず知らずの人に対しても、慮《おもんぱか》るわけですから。

瀬戸内　だから、何度でも言いますけど、「想像力イコール思いやり」なんですよ。で、思いやりっていうことが愛なんですよ。だから、愛とは、恋とか愛とかって言います

胃がん手術後の一九九七年に六十五歳で得度。写真は二〇〇五年、松山にて托鉢に向かう稲盛氏。その経営哲学の底流には、仏教思想が流れている。

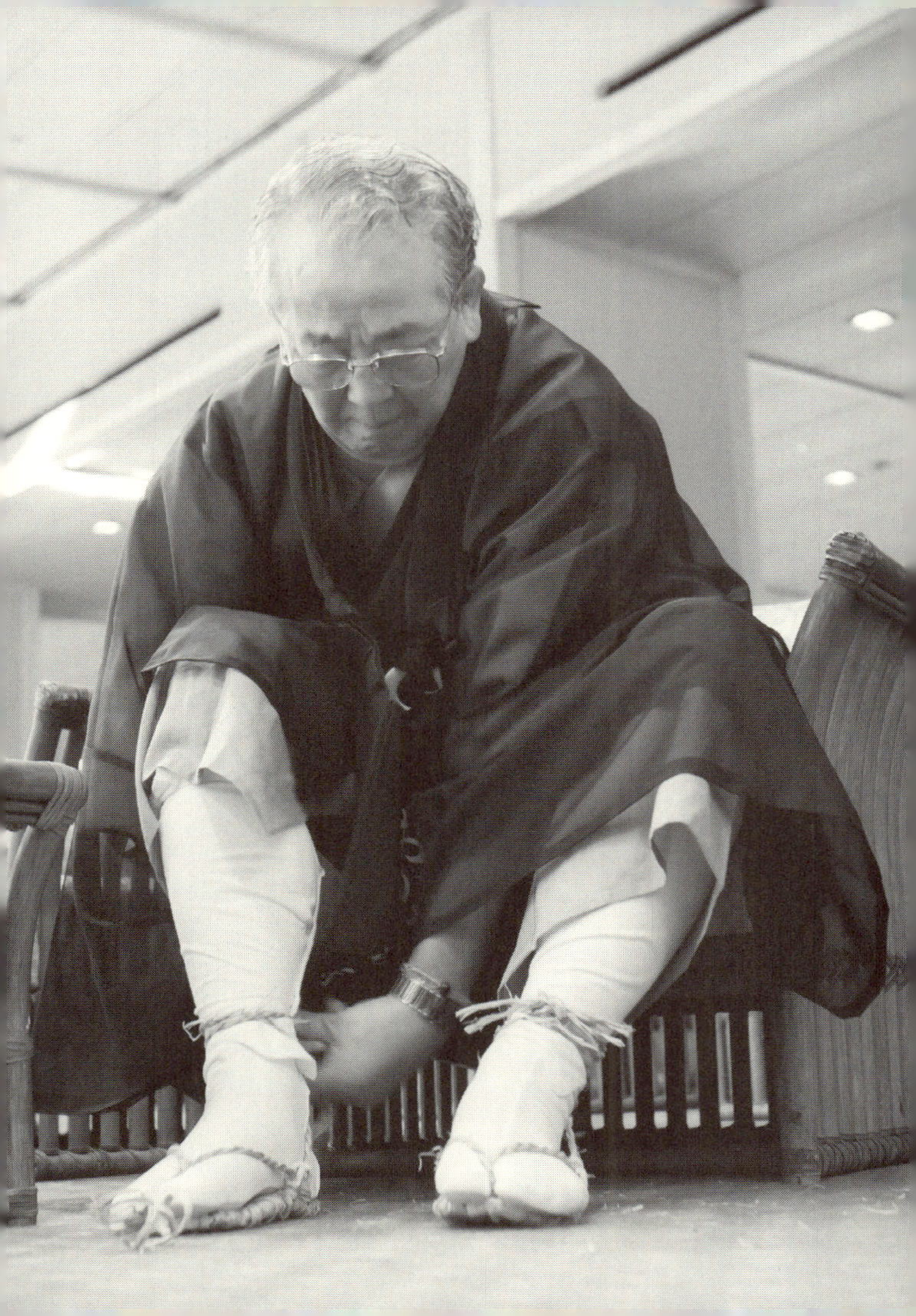

けどね、愛は、仏教では、「渇愛《かつあい》」と「慈悲《じひ》」とに分かれるんです。

渇愛って、渇く愛と書く。これはもう、男女の愛と考えていいんです、セックスを伴った愛と言ってもいいですよ。それはもう、自分があげるんじゃなくて、もらいたいばっかりの愛。だから、「もっと愛して、もっと愛して」って言うんですよね（笑い）。だから、いつも渇いている。もう一方の慈悲はその逆で、愛して愛して愛しっぱなしで、その見返りを求めない愛なんです。

だから、渇愛のほうは、私は十の愛をあなたに与えたんだから、あなたは利息をつけて十二で返してちょうだいっていうもの。あなた、銀行でさえ今どき利息がつかない時代に、なんで愛に利息がつくのかって思いますけどね（笑い）。それに対して、仏様の愛というのは、もう全部あげっぱなしじゃなきゃいけないんですよね。それがほんとの思いやりということだと思います。相手の苦しさとか、その悲しさとか、相手の気持ちを想像する力が要るんです。

「母性愛」こそ、お釈迦様の「慈悲」の典型

稲盛　キレやすい子供が増えているというのも、今の日本が抱えている問題の一つですが、それもやっぱり、彼らの「心」の問題とつながっているんだと思います。小さい時から感謝と思いやりの心というものを持ち続けられるような子育てが求められているのではないでしょうか。

それに関連して言えば、最近ますます少子化が進んでいますね。子供の数がどんどん少なくなって、結婚しても子供をつくらない夫婦が増えているといいます。そういう最近の傾向については、どう思われますか。

瀬戸内　私が子供のころなんか、小学校では一クラス五十人はいて、それが四つぐらいありましたよね。だけど、今はもう小学校はどんどん廃校になっていますし、私の母校なんかも廃校になりかけています。だから、そういうのを見ていると、やっぱり子供がいない国っていうのは将来がないと思いますね。

それに、最近はセックスレスの夫婦が多いっていうでしょう？　私はそれが気が知れないんだけど（笑い）、なんであんないいことをしないんですか？　絶対、おかしい。もちろん身体的な理由から、不妊治療をしても子供ができないという夫婦は別として、出産数が減っている理由には、「子育てにお金がかかるから」とか、「もっと自分たちで自由に使いたいから」とか、「仕事でキャリアを積むために、出産や育児にかける時間がないから」といった話もあるみたいですね。

中には、こんなひどい世の中で子供を産んでも、生まれてくる子供がかわいそうだから産まないなんて、哲学的なことを言う夫婦もいるんですよ。でも私は、それは間違っていると思う。女の立場から言えば、女にできて男にできないことというのは、子供を産むっていうことだけでしょう？　だから、女はそれをやっぱり経験したほうがいいと思う。その意味では、無理に結婚なんかしなくてもいいから、子供だけでも産んだほうがいいと思うんですよ。

子供を出産するという行為は、ただ単に子孫を残すとか、稼ぎ手を増やすとかいう話じゃないんです。親として、自分という人間を成長させてくれる素晴らしい機会なんですから。「子育て」は、「自分育て」なんです。

稲盛　たしかに、女性が子供を産んで母親となるには、「母性愛」という無償の愛を与えなきゃいけませんからね。この母性愛は、先ほどの寂聴さんのお話にあった、男女の「渇愛」の対極にある、あげっぱなしの愛、「慈悲」の愛ですよね。

そういう点では、子供をあまり産まなくなったことが、日本の社会がおかしくなってきた原因の一つなのかもしれません。やっぱり子供を産んだら、理屈じゃなしに、もうほんとに無償の愛で子供を育てなきゃなりませんからね。それを一回経験しただけでも、大変な人間的成長があるんじゃないでしょうか。少子化というと、いつも国の経済力がどうなるとか、労働力が減るといった話ばかりですけど、実はそういう社会的な、目に見えない影響があって、それがマイナスになってきていると言えるかもしれないですね。

瀬戸内　そういう私自身は、娘を産むだけ産んで、育ててはいませんけどね。娘が四歳の時に離婚して、それから離れ離れになったので、自分で育ててはいないんですけど、そのぶん、余計にそれが大切だと思うんですよ。私は育てさせてもらえなかったから、余計に育てるべきだったと思うんですね。

私の時代は、まだ離婚した女が子供を連れて家を出ることは許されなかったし、経済力もなかったんですよ。ところが、今はまったく変わってきているでしょう？　こないだ、十人ぐらいキャリアウーマンが集まる席に行ったんですけど、ふと、この中で離婚した人は何人って聞いたら、全員が手を挙げたの（笑い）。で、中には、私は二度離婚してますって言うのもいましてね。じゃあ、子供はどうしたのって聞いたら、みんな自分の手元に連れてきている。置いてきていた人はいなかった。もう今は、子供を別れた夫のほうに置いてくるなんて考えられないわっていう話になって、私、とても恥ずかしい思いをしましたよ。それでも、私は育てられなかったけれども、よくぞ一人産んでおいてよかったと思っています。

「子ども手当」に頼らず自分の力で子育てを

瀬戸内　それはそうと、民主党政権になって「子ども手当」というのができましたね。結局、財源が足りないからといって、一度も満額支給されることなく、元の児童手当に戻るみたいですが、私は最初から、こんな制度はおかしいと思っていたんですよ。そもそも、子供を産むっていうことは、やっぱり自分が育てようっていう自信がなきゃ、そんなにぶすぶす産んじゃいけないんじゃないですか（笑い）。

私の母の時代に、有名なサンガー夫人（アメリカの家族計画運動の提唱者。一八七九—一九六六）が日本に来て、その教えに非常に感銘を受けたらしいのね。うちの母は教養も何もないんですけれども、サンガー夫人の言ったことを信じていて、バース・

コントロール（産児制限）をしなさいと。それで、ちゃんと教育する自信がない子供は産むなって言われて育ちました。だから、一人でも二人でも三人でも産んでもいいけれども、四人も五人も産んで、自分が貧乏で学校にやれないのなら、それは産まないほうがいいって。そういうふうに教え込まれたからか、いくら少子化だ、大変だって言っても、「子ども手当」は必要ないと思ったんです。稲盛さんはどうお考えですか？

稲盛　今の少子化の背景として、経済的・金銭的な理由があるから産めないとみんな言っていたんです。それで、ますます少子化が進んでいる中で、民主党が主張していた「子ども手当」には二つの効用があったと思うんですね。

　まず、単純に子育てを支援する意味で「子ども手当」というのは要るだろうと。そしてもう一つは、「子ども手当」がもらえるからということで、女性が子供を産みやすくなりますということです。また、先ほどおっしゃられたように実際に母親になって、ほんとに愛を知るといいますか、子供のために無償の愛が要るんだということがわかるわけです。

　今、みんなのあいだに愛が乏しいものだから、こんな荒れた世相、荒れた社会になっているわけですよね。その意味でも、ただの少子化対策というだけではなくて、特に女性が母親として無償の愛というものを体験、実感する機会をできるだけ増やすということが、慈愛に満ちた、思いやりのある社会をつくるためにも、ほんとに大事なんじゃないかと。だから私は、最初は手当につられて子供をつくる決心をする……ということでもいいんじゃないかと思いました。

瀬戸内　でも、この手当を悪用して儲けようと考える人がきっと出てくると思う。子供を産んだほうが楽だとか、養子縁組したほうが儲かると思う人が出てくる。実際に、そうやって不正に請求しようとして捕まった人もいたじゃないですか。

やっぱり私は、子供は自分の力で育てようという気持ちを持って産んでほしいと思うんですね。もし、政府がそんなに子供に「子ども手当」をあげるお金があるのなら、それをまとめて、託児所をもっとちゃんと整備するとか、お母さんが安心して働けるようにしてやるとか、そういうことをもっと支援すべきだと思いますね。

稲盛　そうですね。それはもうできるだけ支援しなきゃ駄目ですね。

瀬戸内　それをしないで、お金だけやったって、今のお母さんは必ずしも子供のために使わないで、それをパチンコに全部使ってしまうかもしれないでしょう？　中学生までの子供一人につき毎月一万三千円というそのお金を、どう使ったかっていうのはわからないじゃないですか。

稲盛　でも寂聴さん、たとえばフランスは、ずっと少子化が続いていたんですが、政府が少子化対策を徹底したことで、最近は出生数が増加しているそうなんです。

瀬戸内　そう言われて思い出すのは、私が小学校のころは、フランスでは子供がどんどん減っていた時期でした。それで、フランスはだんだん人口が減って、あの国は駄目になるって、そんなことを言っていましたよ。

稲盛　たしかにフランスも一時期、子供が減っていたんです。それが増えるようになったのは、婚外子、つまり結婚していない男女の子供でも、同じように行政の支援が受けられるようにしたからなんですね。なので、やっぱり寂聴さんがおっしゃったとおり、結婚しなくても子供を産むべきだというのは、そうかもしれないなと思うんです。

瀬戸内　男女の関係だって、変わりますからね。「好きで好きでたまらない」なんてね、せいぜい二年ぐらいの間ですよ（笑い）。そんなのは当てにならない。男女の間で何十年も続くというのは、結局「友愛」ぐらいですよ（笑い）。

稲盛　フランスの場合には、そういう点ではやっぱり男女関係でも、あんまり制約がないじゃありませんか。政治家の問題でも、あまりスキャンダルにならないと言いますかね。それだけ大らかなものだから、子供が増えたというのも、今おっしゃったことなんかが影響あるのかもしれませんね。

瀬戸内　一九六〇年代に、ボーヴォワール（フランスの女流作家。哲学者・作家サルトルの伴侶。一九〇八―一九八六）がサルトルと一緒に日本に来たことがあるんですね。そのとき私たち女流作家が歓迎会をしたんですよ。そしたら、入ってくるなり彼女はバンと座って、「私が今度日本に来たのは、子供を堕《お》ろす自由を学びに来たんです」って言ったの。日本は堕胎手術が非常にルーズに行なわれていたんですが、フランスは非常に厳しいと。だけど、「産まない自由」というのがあるはずだと、女には。それで、生活できないのに、子供を身ごもったら産まなきゃいけないっていうのは間違ってるでしょうって言いだして、だから、日本を見習いに来ましたって言う。私たちは文学の話を聞こうと思っていたから、ちょっとびっくりしましたけどね（笑い）。

稲盛　逆に、男の責任というのを考えた時に、最近の日本では草食系男子というのが流行っているそうなんです。そんな話を聞くにつけ、男がか弱くなっているというか、頼りなくなっているようには思いませんか？

瀬戸内　私はね、頼りない男が好きなの（笑い）。そういう女もいるから、心配することはありません。

稲盛　それは寂聴さんの本音かもしれないですけど（笑い）、どうしてそうなったのかなと思うと、もともと男というのは、動物の種《しゅ》として、あるいは雄《おす》としての本能があるわけですよね。それが最近の日本では、草食系だとか肉食系だとか、おかしなことが言われるようになってきている。結局、やっぱり満ち足りた生活になって、非常に過保護に育てられてきた。だから、そういう雄としての本能的なものを失ってしまったかもしれませんね。また、最近の若い人は、他人とのコミュニケーションが面倒くさいと感じるらしいという話をよく聞きますが、私なんかには全然理解できないんですけどね。

瀬戸内　それも含めて、男も女ももっと恋愛をして、子供を産んで……という経験がますます大事になってきていると思いますね。

「なぜ人を殺してはいけないのか」の答えは理屈抜き

瀬戸内　子供たちの間では、相変わらず「いじめ」がなくならず、いじめを苦にした自殺も、ときどきニュースに流れます。それに、私たちが子供のころは、子が親を殺すとかいうことは考えられなかったでしょう？　それに、子供がちょくちょく自殺するなんてことも考えられなかったことですよ。そういったことを見るにつけ、やはり今の教育や子育てが悪いんじゃないかと思うんですがね。

稲盛　たしかに教育の問題もあると思います。今の教育の問題は、戦後教育で子供の自主性を重んじようというので、自発的な勉強をするんだと、押し付けの勉強はやめましょう、というようなことがずうっと流行ってきたんですね。

私の考えは、非常に保守的だというので怒られるかもしれませんけど、やっていいことと悪いこと、つまり善悪の判断は、親なり先生なりが「躾《しつけ》」として厳しく教えなきゃいけないと思うんです。人間といっても、やはり動物の一種であって、善悪の判断について誰かがきちんと教えなかったら、子供が自分でそれを悟るということはなかなか難しいのではないかと思います。成長して、ある程度の社会経験を積んだら、自然にわかるかもしれませんが、そうなるためには長い時間と経験が必要です。

やっていいことと悪いことをしっかり教えないで、自発的な子供たちの自主性を重んじますというような教育をやってきたために、人間としての最低限のわきまえと言いますか、やっていいことと悪いことを知らない子供たちがそのまま大人になっているような印象があります。私は、それが今の世相が非常に悪くなってきた一つの原因ではないかと思うんですね。

もう一つ、戦後教育でしっかり教えなければならなかったと思うことは、やはり世の中というのは基本的に「諸行無常」なんだということです。つまり、この世の中は常に変化する。平穏無事な時代だけが続くわけじゃなくて、それはもう苦しい経済環境の時もあり、就職先がなくて自分の将来に希望を抱けないという時代もある。家庭の中だっていろんな問題が起こって、時には親子で喧嘩したり、夫婦間でも別居や離婚があったり、親のやっていた事業が破産したり、いろんなことがある。それが世の中というものであり、それが人生なんだということをきちんと教えて、その中で必死に生きていくのが人間の務めなんだと教えなくてはならない。

そういうことを教えられてこなかった子供たちは、少し思わぬことに遭遇しただけで、すぐに挫折し、あげくの果ては自分の命は自分のものなんだから、自殺しようが、引きこもりになろうが、どんなふうに生きようが、自分の勝手だろうと思うようになる。そうじゃないんです。「諸行無常」、何事も千変万化し、思い通りにならない。しかし、どんなに苦しい人生でも必死で生きていかなくてはならない。それはもう最低条件で、人間としてやらなくてはいけないことです。そういうことは理屈じゃない。理屈抜きで、それを子供のころに教えてもらっていないということが、今の日本のいろいろな悲劇を生んでいるような気がしますね。

瀬戸内　「理屈じゃない」ということが、今の人たちにはなかなかわかってもらえませんね。今の時代は、なんでも理屈をつけようとする。でも、どんな立派な理屈を立てたって、「諸行無常」の流れに全部流されてしまうんです。

稲盛　以前、ある政治家の団体に呼ばれて講演した際に、質疑応答の時間になって、こんな質問があったんです。「若い連中が、子供に『なんで人を殺したらいけないんですか』と聞かれて、どう答えたらいいか困っています。それで、牛や豚は人間が生きるために、つまり自分たちで食べるために殺すからいいけれども、人間は人間を食べないから殺してはいけないと説明しようと思っているのですが、いかがでしょうか？」と言うので、そんなアホなって怒ったんです。

彼らは、学歴も高くて非常に頭がいいものだから、何か理屈をつけないと子供たちを説得できないと考えたんでしょうが、そんなの理屈じゃありませんよ。人を殺してはいけないということは、否も応もなく決まっていることです。

瀬戸内　仏教の教えで言うところの「殺生戒《せっしょうかい》」、すなわち「殺すなかれ」ですね。在家が守るべき「五戒《ごかい》」でも、お坊さんが守るべき「十戒《じっかい》」でも、「不殺生」が一番に挙げられています。それはもう大原則なんですね（五戒は、不殺生、不偸盗《ちゅうとう》、不邪淫《じゃいん》、不妄語《もうご》、不飲酒《おんじゅ》。十戒は、これに加えて、不塗飾香鬘《としょくこうまん》、不歌舞観聴《かぶかんちょう》・不坐高広大牀《ざこうこうだいしょう》・不非時食《ひじじき》・不蓄金銀宝《ちくきんぎんほう》）。

子供にも「家族の死」を見せたほうがいい

瀬戸内　お釈迦様の時代には、誰だって畑を耕さなくちゃ生きていけなかったでしょう？　でも、畑をしたら、必ず虫を殺すじゃないですか。それなのに、「殺すなかれ」っていう思想だから、お坊さんたちは畑仕事ができないんですよ。畑をしなきゃ、あのころは生きられなかった。それに、商売をすれば、必ず少し利幅をつけて売るでしょう？　でも、それは自分の儲けになるように嘘をついていることになる。でも、「嘘をつくなかれ」という戒めもあるから、それもできない。

畑もできない、商売もできない。じゃあ、お坊さんたちはどうするんだっていったら、自分たちはなぜ生きているのか、一体何をすべきかということを一生懸命考えてる。そうすると、一般の人たちはお坊さんと違って普通の生活ができる代わりに、そういうことを考える暇がないから、お坊さんたちが自分に代わって大切なことを考えてくれているのはありがたいということで、お寺に食べ物を持って行ったり、着るものを持って行ったりする。これがお布施ですね。それで、お坊さんを養う。

だから、お坊さんは、食べるために動物を殺しちゃいけないんだけど、いただいたものは殺生した動物であっても食べていいんです。今夜、ごちそうしますから、うちへいらしてくださいと言われたら、そこへ行ってごちそうになる。そういうシステムだったんですよ。ほんとに徹底していたんですよね、殺しちゃいけないということが。それもやっぱり、理屈じゃないんですね。

稲盛　そうですね。今申し上げたような善悪の判断というものを子供のころにびしっと教えていない。むしろ、そういったことを子供たちに押し付けてはいけない、もっと自主性に任せたほうがいい、という教育で育ってきた世代が、今は親の世代になっています。

瀬戸内　特にお母さんたちが、あまり子供にこれがいいとか悪いとか、厳しく言わなくなっているような気がしますね。結局、昔は、どこの家にもおばあちゃんがいたでしょう？　年寄りがいたから、お母さんが忙しくても、その年寄りが、そんなことをしたらいかんよって言い聞かせたものですよね。

それから、今の子供の困ったことは、年寄りが家にいないから、人間がだんだんと歳をとっていくと、体も弱って、やがて死んでいくということを実感として全然理解できないんですよ。それで、テレビをつけたら、ここで今、殺されて死んだ人が、こっちをつけたら生きていて、また動いているじゃないですか、違う局の番組なんかで。だから、人間が死ぬということがぴんとこないんですよ。

これは、聖路加国際病院の日野原重明先生もおっしゃっていましたけど、やっぱり子供には家で、死人を見せたほうがいいって。今はなかなか家では死なないけれども、子供にも死を見せて、それから焼き場へ連れて行って、焼かれるところも見せたほうがいいって言っていましたね。

稲盛　僕も子供のころ、親戚の人でも、青白い顔になった死人を見るっていうのは怖かったな。それも、小学校に行く前は、お別れをしなさいって言って棺桶のふたを開けて見せられると、わあっと泣いたもんです、怖くて怖くて。やっぱりそれは、後から思えば、大事なことなのかもしれませんね。

瀬戸内　それを見せないから、死がわからない。人間が死ぬっていうことがぴんとこないんですよ。だから、命を粗末にするんですよね。やがてはあなたもこうなるのよっていうことをやっぱり教えたほうがいい。

稲盛　やっぱり子供の時分に、人間には、やっていいことと悪いことがあるという基本的なことを、理屈抜きに、そういう決まりになっているんだという教え方をするべきです。それが、動物に始まり、我々の祖先がずっと行なってきた教育の原初の姿であり、そこに立ち返る必要がありますね。

［「利他」の実践］

第五章

人はなぜ「働く」のか

——〝誰かのために尽くす〟ことが心を高める——

就職氷河期やリストラ、そして過労死……現代では
「働く」ことをめぐっても、さまざまな社会問題となっている。
だが本来、労働という行為は、
人が人として生きていくための根本であり、
幸せの源泉ともなりうる。二人は〝誰かのために〟働くことこそ、
心を鍛え、人間性を高めると説く。

最初は嫌でも本気でやれば必ず仕事が好きになる

稲盛　今の日本が抱えている問題というのは、いろいろありますが、「就職氷河期」などと言われて、今の若い人たちが自分たちの思う職場に就職できないという問題もありますね。また、そんな狭き門をくぐってせっかく会社に入っても、すぐに辞めてしまう若者も多い。「働く」ということの意味を、もう一度考え直してみる必要があるようにも思います。

私の場合、二十七歳で会社を興した時も、今みたいにベンチャーだとか、新興企業だといって、チヤホヤされていたわけじゃありません。もう状況がそうならざるを得なかったから、いろいろな人に支援されて、やっと起業したんです。でも、そうだったからこそ自分は幸せだったなあと、今は思うんですよ。

もし現在のような時代で、たとえば、我々に技術力、開発力があるということになったら、ベンチャーキャピタルもいくらでも資金を出してあげますよと言ってくるでしょう。で、すぐにも上場させますよというんで、あのホリエモンや村上ファンドみたいなことになっていたんじゃないかと思います。そんなふうに最初っからみんなに持て囃《はや》されて経営をやっていたら、私は今日みたいな境遇にはなっていなかっただろうと思いますね。あっという間に有頂天《うちょうてん》になって、とっくに没落していたと思います。京セラという会社だって、人手に渡っていたかもしれない。若くして成功すれば、人間、それは有頂天になってしまうでしょう？

でも、私の場合には、もうどこにも行くところがなくて、自分にできる仕事をやるしかなくて、そのために会社を興したら、今度はそう簡単には会社をつぶすわけにはいかない、となった。そこで諦めていてはどうにもならないものですから、その中で、必死に生きようということになった。もちろん、大変だったのは私一人だけじゃありません。ほんとに貧しい会社の中で、社員みんなが必死に生きていかざるを得なかった。それが、結果的には良かったんだと、今は思います。

でも、決して嫌々ではありませんでした。仕事というのは、嫌々やったら駄目なんですね。それが、今はみんな嫌々頑張っているようにも見えます。最初はほんとに嫌かもしれないけれども、本気でやれば、それが好きになるんですよ。惚《ほ》れるんですよ、その仕事に。だから、いい言葉があるでしょう、「惚れて通えば千里も一里」。それは、恋をした人なら絶対わかると思います。仕事もおんなじです。

瀬戸内　なんだか、稲盛さんがそんなことを言うと、おかしいな（笑い）。

稲盛　いや、実際の恋愛がどうというのではなくてですね（笑い）、私はやっぱり、自分の仕事とか自分の生き方に、恋をするべきだと思うんですよ。たとえば、「3K（きつい、汚い、危険）」などと言われるような仕事であれ、自分がやろうと思った仕事に恋をするぐらい、その職を愛することが必要だと思いますね。そうすれば、いくらでも頑張れると思います。それで、一生懸命に頑張りさえすれば、必ず道は開けていくんですよ。

瀬戸内　逆に、自分の仕事を愛せない人はやっぱり駄目ですよね。嫌々やることでいいことなんて、何もないですから。だから、自分の仕事を、もう今はこれしかないと思ったら、それを愛することですよね、その仕事の良さを見つけること。

稲盛　それで思い出しましたよ。昔うちは印刷屋だったものですから、おふくろも忙しくて、ご飯を食べた後のお茶碗は自分で片づけて洗いなさいと言われていたんです。でも、小学校の時分は遊びたい盛りだから、嘘を言って「今日は宿題があって勉強する、忙しい」と言い返したんです。それでもおふくろから、「お茶碗を洗った後で勉強すればいいでしょう?」と言われてしまった。それでもう、嫌々台所に行って、茶碗を洗っていたら、がちゃーんと茶碗を落として割ってしまったことがあります。それで、こっぴどく怒られて……。もう何十年ぶりかで思い出しましたが、嫌々する仕事で、うまくいったためしなんかないんですよ(笑い)。その時はもう、倍返しで怒られましたね。

もう一つ、思い出しました。同じく小学校のころ、夕方、おふくろがお味噌汁をつくるのにお豆腐がないことに気がついて、買っておいでというので、お金を渡されたんです。当時、鹿児島には「お豆腐かご」といって、竹で編んだかごで、水が下に落ちるのがあったんです。それを持たされて、豆腐屋に行ってお豆腐を分けてもらったんですけれども、やっぱり遊びたい盛りなもんだから、買い物を言いつけられて腹が立ってぶつぶつ言いながら行った。で、豆腐を入れてもらったはいいけれど、腹が立っ

京セラ創業当時の稲盛氏。「ものづくりの仕事だったから、寝食忘れて働かざるを得ない環境だったのが幸いした」

京都セラミック株式會社

ているものだから、ずいぶん乱雑にかごを扱ったんでしょうね。それで家に帰ってみたら、中の豆腐がぐちゃぐちゃになっていて（笑い）、また雑なことをして、と怒られた。いいことしたつもりが、全然駄目だったんです。

瀬戸内　お豆腐も買ってこられないなんてね（笑い）。

稲盛　ですから、今、寂聴さんがおっしゃったように、ほんとに嫌々ものをするというのは、仕事でも何でもろくなことはないと思いますね。

自分の歳を忘れるぐらい、仕事に惚れ込んでいる

瀬戸内　一人一人が生きるために働いて、みんなが一生懸命働くから、経済も豊かになりますね。ただ、戦後日本の一番の失敗は、それが行きすぎて拝金主義になってしまったことです。度がすぎて、お金さえあればいいっていう世の中になっちゃった。経営者でも、お金のほうにばかり目が行って、自分たちが何のために働いているのか、わからなくなっているような人がいるでしょう？　稲盛さんぐらいじゃないですか、世のため人のためにいいこととして、しかも儲かっている経営者なんて。

稲盛　いやいや、そんなことはありません。私なんかより立派な経営者はたくさんいらっしゃいます。ただ、私の場合は、忙しくて悪いことをする暇がなかっただけです。ものづくりの仕事ですから、一生懸命に寝食忘れて働かざるを得ない環境だった。物理的にも、悪いことをしたり遊び呆けたりする時間がなかったんですね。その結果、人生を過《あやま》たずに、一応まともな道を歩いた。

ただ、一生懸命に寝食を忘れて働いた結果わかったのは、これは私の持論なんですが、「働く」ということは、どうやら人間の心を整えたり、心根を良くしていく効果があるのではないだろうかということです。

人間ですから、誰しも心の中には、邪な悪しき心と、美しい善なる心の二つが同居していると思うんです。悪しき心には、お釈迦様が言うところの煩悩の「三毒《さんどく》」、すなわち欲（貪《とん》）と怒り（瞋《しん》）と無知（痴《ち》）などがありますね。その一方の善なる心には、愛とか利他の心とか思いやりの心といったものがあって、それらが同居し、葛藤《かっとう》しているわけです。一生懸命に仕事をしていると、時間がないし、遊びに行く暇もないですから、「三毒」、つまり悪しき心が働く暇がないと言いますか、善なる心のほうだけが残ったのではないかと思っているんです。

三十代半ば、小説作品を発表し始めて間もないころの瀬戸内氏（東京・中野にて）。「小説を書きたいという思いがブレたことはない」という。

瀬戸内　稲盛さん、浮気なんかしたことないの？

稲盛　いや、寂聴さん、そういう話はやめておきましょう（笑い）。

瀬戸内　それならそれでいいけど、稲盛さんが悪いことをする暇もないぐらい一生懸命働いてきたのも、やっぱり働くのが好きだからですよ。

稲盛　それはそうですね。でも、最初っから好きな仕事なんてないと思うんです。結局、仕事を好きになるように自分で努力しないといけないんじゃないですかね。ほとんどの仕事というのは、最初は嫌々ながら、そういう環境に追い込まれたから働くんですね。でも、嫌々働くのでは長続きしませんから、やっぱり自分がやっている仕事に惚れなきゃいけませんね。

瀬戸内　そうすると、また仕事が面白くなってくるのね。

稲盛　そう、面白くなってきます。

瀬戸内　私なんかは、初めから小説を書こうと思っていたでしょう？　それがブレたことがないですからね。今度だって、腰が痛くなって動けなくてずっと寝ていても、小説はまだまだ書けるなっていうふうに思ったもの。それぐらい、自分の仕事が好きなんですよね。だから、私も稲盛さんと同じで、ずっと忙しいの。ほんとに忙しいんですよ。

それで、なんでこんなに忙しいんだろうと思って、この間、うちのスタッフの人たちに、「私も晩年は、もうちょっと暇をつくって静かに絵を描いたり、字を書いたりしたいわ」って言ったら、みんなが私の顔をまじまじと見て、「え？　晩年っていつですか」って聞くのよ（笑い）。

稲盛　ほんとですよ（笑い）。

瀬戸内　「庵主はとっくに晩年ですよ」って、バカにされた。それだけじゃないの。半年間もベッドに横になって寝ていたから、やっぱり痩せたんですよ。それで、ふと気がついたら、二の腕のこんなところにも皺《しわ》がいっぱいできていた。また、うちのスタッフに、「ちょっと大変よ、私、九十歳のおばあちゃんみたいに、皺だらけになってるのよ」って言ったら、「だってもう九十歳のおばあさんですもの」なんて、言われた。

稲盛　いや、傑作ですね（笑い）。

瀬戸内　もう、とにかく忙しくて、自分の歳を忘れるほどなんです。でも、そのぐらいやっぱり自分の仕事が好きなんでしょうね。

寝食を忘れて働くのは、僧侶の修行に匹敵すること

稲盛　私自身、だんだん歳をとるにしたがって、二宮尊徳（江戸時代後期の篤農家。一七八七―一八五六）の本なんかを読んだりするようになっています。昔は多くの学校に、薪《まき》を背負った銅像が建っていましたよね。そんな二宮尊徳の本を読んでいますと、働くというのはお坊さんの修行と同じような効果があるんじゃないかと思えてきました。

二宮尊徳はもともと貧しかったために、学校にも行けなかった人ですが、朝から晩まで田畑に出て、苦労して働きながら独学で勉強して、ついには徳川幕府の殿中に上がるまでのぼりつめた人です。そうやって必死に働いたことが、彼の人間性を高めていったわけですね。働くことは、心を鍛えて、いい人間性に変えていく効果がある。そういう意味で、お坊さんが修行するとか瞑想するとか、それに匹敵するような行為なんだと思います。

瀬戸内　そういう効果はあるでしょうね。

稲盛　先ほど寂聴さんは拝金主義とおっしゃいましたが、今は、働くのは収入のためだということになっているから、ある程度の収入が得られたら、なるべく楽をしたいとなってしまう。あるいは、朝から晩まで働かないと生活していけないことを愚痴《ぐち》るだけで終わってしまう。そうではなくて、この仕事は自分の人間性を高めていくために神様がそう仕向けてくれているんだと、そんなふうにいいほうに考えて、ひたむきに働けば、自分の心も高まってくるし、同時に仕事の成果も上がり、自ずから収入も増えていくんじゃないでしょうかね。

とくに経営者の場合は、自分の会社を本気でよくしようと思ったら、まず自分の心を高めないといけないんです。先に紹介した「盛和塾」に集まってくる中小企業の経営者に、私が一番力を入れて、懇々《こんこん》と言い続けるのもそこなんです。「一族の会社をよくするために」とか、「社長である自分が儲けるために」といった目的では、どれだけたくさん給料を払うと言っても、社員は一生懸命に働いてはくれませんよ。せっかく、縁があって自分の会社に来てくれた社員なんですから、その人たちみんなを幸せにしてあげたいと経営者が本気で思わなかったら、社員は頑張ってくれません。つまり、経営者の心が高まり、その心の中に、従業員を大事にしたいという「利他」の精神、「愛」というものが目覚めてこなかったら、拝金主義でお金だけ儲かればいいという考えだけでは、どんな組織でもうまくいきませんよ。「あなたの心が立派になっていけば、それにつれて経営もよくなっていきます」と、一生懸命に言っているんですけどね。

瀬戸内　それで、実際によくなっていきますか？

稲盛　なります。ところが、会社がどんどんよくなってきて、会社がどんどん儲かっていきますね。そうすると今度は、その儲かったお金をたくさん税金にとられたりするので、だんだん惜しくなってきて、なんとかして税金を払わないようにするにはどうしようかと考え始めるものだから、またそれで、おかしくなってくるんです。そのうえ、儲かってくると余裕が出てくるものだから、適当に遊びもしたくなる。それで、せっかく頑張ってよくなってきた会社が、またしても傾いていくんです。
「小人《しょうじん》閑居《かんきょ》して不善《ふぜん》をなす」と言いますけど、やっぱり人間は暇があると、ろくなことをしないんですね。だから、仕事で年中忙しいとか、朝から晩まで働くということは、実はとてもありがたいことなのだと考えるべきだと思うんですね。もちろん、過労死にまで至るような過重労働は絶対に避けるべきです。でも、仕事がある、誰かのために働けるということは、人間の一生の中でも大変ありがたいことなのではないでしょうか。

なぜ「七十八歳」「無給」でＪＡＬの会長を引き受けたか

瀬戸内　今回、久しぶりに稲盛さんにお会いして、ぜひお聞きしたいと思っていたことの一つは、なぜ稲盛さんが今になって、日本航空の会長という重職を引き受けられたのか、ということなんです。昨年（二〇一〇年）、稲盛さんが日航の会長になると聞いた時、私、ほんとうにびっくりして耳を疑ったんですよ。今、そんな大変な役目を担うなんて、苦労するばっかりで、なんにもいいことないじゃないですか。

稲盛　家族や知人を含めて、これまで親しくしていただいている方々は皆さん、寂聴さんと同じように忠告してくださいました。誰一人として、私がＪＡＬに行くことに賛成しなかったですね。もう、晩節を汚すことになるからやめておけ、おまえは馬鹿かと言われました。

瀬戸内　いいえ、馬鹿だとは言いませんが、とってもご苦労されるだろうなと思ったんです。ほんとに脳溢血かなんかを起こして、過労死してしまいますよ、そんな大変な仕事をしていたら。

稲盛　私も、自分には任が重すぎると思いまして、何度もお断わりしたんです。私はもともとものづくりで京セラを創業して、そのあと通信事業でＫＤＤＩという会社をつくって今日までできたわけで、航空事業なんてまったくのど素人でしたから、私に務まるはずがないと思っておりました。

それなのに、まず当時の総理であった鳩山（由紀夫）さんから、ＪＡＬがつぶれたので何とか再建を引き受けてもらえないかという打診があったんです。ちょうどそのころに、京都出身の前原（誠司）さんが国土交通大臣をしていらして、前原さんからも、「みんなで相談したけれども、ＪＡＬ再建のリーダーはあなたしかない」と言われました。いや、それは僕じゃない、航空事業なんて僕はまったくの無知なんだから、と言って、何回も断わったんです。それでも、何度断わっても、どうしてもやってほしいと依頼されました。

そのうちに、つぶれた会社を再建するために集まった、弁護士や会計士などの管財人と言われる方々までが私のところにいらっしゃって、どうしても再建の中心になってほしいとおっしゃるわけです。そこでも、私はできませんと突っぱねました。やはり私も、もうその時点で七十八歳、まもなく八十歳になろうという年寄りですし、周囲の人間に相談しましても、家族はもちろん、友人も、みんな大反対だったものですから、依頼されても断わって、また声をかけられて断わって……ということを繰り返しました。

瀬戸内　で、なんで引き受けたの？

稲盛　最終的に引き受けた理由は三つありました。

一つは、このままＪＡＬがつぶれてしまったのでは、この先、日本経済がどうなるかわからないという心配があったことです。ただでさえ、日本経済はおかしくなっているのに、ＪＡＬのような大企業がバタンと倒れてしまったのでは、大変なことになってしまうと。反対に言えば、もしＪＡＬがここで甦《よみがえ》ったら、日本経済もいい方向に勢いがつくかもしれない、というのが一つですね。

二つ目は、再建のためには一部の社員に辞めてもらわなければならないかもしれませんが、それでも再建できれば、あとに残った社員の雇用を守ることになるということです。今のような就職難の時代に、失業者が増えている中で、多数の関連会社を抱えるＪＡＬのような大きな企業の雇用を守ることは、日本の社会にとっても大変大事なことだろうと思いました。

三つ目は、ＪＡＬがつぶれてしまえば、日本の航空会社は全日空だけになってしまいます。どんな業界も、一社独占というのは、決して国民にとってよくないと思うんですね。企業同士がお互いに切磋琢磨《せっさたくま》し合うことによって、いいサービスが提供される。いわゆる資本主義社会の中では、基本的には正しい競争状態があることが望ましいということになっています。独占というのは、やっぱり様々な弊害が出てくるものなんです。ですから、ＪＡＬがつぶれてなくなってしまうことは、社会的にも非常によくないだろうと。

そうした三つの理由で、最初は到底、自分の力量では及ばないと思ったのですけれども、最終的に引き受けさせていただくことにしたんです。

瀬戸内　稲盛さんのその決断は、ほんとうに偉いと思いますよ。全部、人のためですよね。世の中のためでもある。

稲盛　それはそうなんですが、もう皆さんから、そんな無理なことを引き受けたらいずれ体を壊してしまうとか、週に五日も東京にいたら京都のほうはどうするのかとか、いろいろとご意見やご心配の声をかけられました。それで、ちょっと卑怯な話なんですが、私も少しだけ身を引きまして、「では会長職をやらせていただきますけれども、歳も歳ですから、基本的な勤務は週に三日ぐらいにさせてもらえませんか」と、条件を出したんです。「その代わり、週三日という中途半端なものですから、給料は要りません、無給で結構です」と言いまして、あんまり無理を言われないように、少し逃げ道を用意したつもりだったのです（笑い）。

ところが、実際にＪＡＬに行ってみたら、とてもそんなことで収まるような問題じゃなかったわけでして……。

会社を変えるのは「テクニック」ではなく社員の「心」

稲盛　なにしろ、最初に会社に行ったら、つぶれた会社とは思えないぐらい、みんな悠長に構えているんです。まずそのことに驚きました。自分たちは日本航空という大企業の社員だというプライドがまず根強くある。もともとは「ナショナル・フラッグ・キャリア」と言われた日本を代表する航空会社ですから、経営が破綻《はたん》したとは言っても、会社がなくなるという危機感そのものが薄かったんですね。

実際、会社はつぶれたけれども、それ以降も一日も飛行機を飛ばさない日はなかったんです。つぶれても、ＪＡＬは変わらず、飛行機を飛ばし続けていたんですね。それは、政府が国民の税金を使って飛ばしていたようなものなんですが、毎日これまでどおり運航しているものだから、社員にも自分たちの会社がつぶれたという実感がないんですよ。会社をつぶした経営陣は、責任を取ってみんな辞めたんですけれども、そのぶん中堅幹部たちはみんな、上の役職に上がっています。それで、それまでと変わらない状態のままの意識でもって仕事をしているので、再建しようとか、今までの考え方を改めようという意識が微塵《みじん》も感じられないんです。これはもう、ほんとうに大変なことを引き受けてしまったと、最初は暗澹《あんたん》としました。

瀬戸内　大企業というのはそういうものですから、いくら稲盛さんでも、無理だろうと思ったんですよ。

稲盛　つぶれたのに、その危機意識がない人たちが幹部として残っているので、最初はしょっちゅう会議でそうした幹部たちを叱っていました。いったい君たちは何を考えているんだ、自分たちがだらしなかったからつぶれたんだろう、と。そこを真摯《しんし》に反省して、改めようと思わなかったら、再建なんて絶対にできるわけがない、といったようなことを毎日のように言って、叱るわけです。

その一方で、外国のコンサルティング会社の方々がよくJALに来まして、自分たちに再建を任せてほしいと言うんです。「我々は、アメリカで倒産した航空会社をこんなふうに立て直した実績がある」と言って、いろいろな事例を持ってきて、そういう再建のテクニックがあることを強調されるんです。もちろん、それには何億、何十億というコンサルティング費用がかかるわけです。でも銀行や再生支援機構から助けてもらっている状態ですから、私は、たとえ再建のためとはいえ、そういうお金さえもうJALのために支払うのはもったいないと思いました。

それから、もう一つ、彼らの話をずうっと聞いていて思ったのですが、結局、再建のためのテクニックとか手法だけを言うんです。でも私は、JALがつぶれたのは、経営のトップから末端の社員までが、つぶれるだけの甘い考え方をしていたからだと思っていたので、まずはやっぱりそこを変えてもらわなきゃいけないと思いました。そうしないと、売り上げを増やしたりコストを抑えたりする手法だけを教えて、若干業績がよくなったとしても、またすぐに元の木阿弥《もくあみ》になると思ったものですから、とにかく最初に人の心に訴えようと思ったわけです。

それで、まず社員みんなを集めて申し上げたのは、ＪＡＬは倒産したんです、日本航空はつぶれた会社なんですよ、その意味をわかっていますか、という問いかけでした。本来であれば、皆さん全員が職を失って、今日からどうやって暮らしていったらいいのかと路頭に迷っているところなんですよ、と。それが、実際にはそうなっていないから、皆さんにはそういう意識がないかもしれませんが、それは日本政府や再生支援機構、銀行などのいろんな支援があって、何とか今は生き残っているだけなんです。このままではいけませんよ、今から我々は自分たちの力で這い上がっていかなければいけませんよ、まずはみんなで意識を変えましょうと、最初はそこから始まったんです。

そこで、京セラが中小零細企業から始まって大企業との激しい競争の中を這い上がり世界的な企業になるまでには、社員と私自身を律し、導き、励ましてきた思想、あるいは哲学というものがあったんだと言いました。一方、ＪＡＬには今までそれがなかった、そのような思想、哲学を謙虚に学ぼうではないかと呼びかけ、まずは幹部の意識改革から始めました。役員や幹部社員の顔ぶれを見ると、まあ、東大出身の優秀な人間がもうずらっと並んでいるわけですね。霞が関と同じように、彼らはＪＡＬに入った時から、もうエリートなんですよ。それで、最近の現場の様子もほとんど知らないし、企画部門とか本社の中の部署でキャリアを積んで、ここまで来ている。実際に、しゃべってみたら、やっぱり慇懃《いんぎん》無礼と言いますか……。

瀬戸内　想像がつきますね（笑い）。

稲盛　はい、言葉は大変丁寧で賢そうなんですけれども、実は末端の現場の社員たちの苦労も知らない、自分で汗をかいたこともない、部下や関連会社をこき使って、頭だけで仕事をしてきている。そういう一部の幹部たちの話を聞きながら、まあ、これではもう無理だなと思いました。まずは、そこからぶっ壊そうといって始まったわけです。

瀬戸内　それは、週三日の勤務じゃ無理ですよ（笑い）。

稲盛　そうなんです。それで、そうなるとまた、ものすごい抵抗があるわけですね。今まで自分たちは楽なところに安住していたわけですから、それをぶっ壊されたのではたまったもんではないということで、それはまあ、ものすごい抵抗があったんです。

エリート意識の壁を取り払った「会費千円」の飲み会

瀬戸内　私は、人間の持っている悪の中で最たるものは「差別」だと思っている。肌の色の違いとか、出身や身分がいいとか悪いとか、あらゆる差別は「利己」的な動機、つまり自分のほうが上だという意識から生まれてくる。エリート意識っていうのも、たぶん根は一緒で、しつこいんです。だから、ＪＡＬの場合でも、そういうエリート意識をぶっ壊すって大変だったんじゃないですか。

稲盛　そうですね。ですから、それこそ懇々と言って説得するしかないんですね。「人間とは」というところから始まって、三万二千人の残った社員みんなが、ほんとに上司や幹部の言うことに納得をして、心の底から協力しましょうという気持ちにならなかったら、再建なんかできやしませんよ。そのためには、まず経営幹部である皆さんがもっと謙虚になって学び、もっと裸になって部下の人たちに接し、あるべき姿を訴えていかなきゃいけないんだと、もう懇々と説明しました。

さらにそのためには、何が必要か。組織の上に立つ者は、人間としてどうあるべきなのか、立派な人間性がなかったら、人なんて絶対についてきませんよ、といった基本的な私の経営哲学をお話ししました。まあ、彼らからしたら私なんて、中小企業のなれの果てのような会社のオヤジで、それも田舎の大学しか出ていないおじさんなわけです。しかも、言っていることが非常に初歩的な、それこそお父さんやお母さんが子供に言って聞かせるような、プリミティブ（原初的）な倫理観とか道徳観みたいなことをベースにして言うものですから、みんな最初は馬鹿にしながら聞いていましたね。そんな子供に教えるようなことを今さら言うなんて、曲がりなりにも我々は国の頂点に位置する高等教育を受けた人間ですよ――とでも言いたそうな顔をして、聞いているわけですよ（笑い）。それでも、私も負けずに彼らの顔を睨みつけながら、そういう話をずっと何時間もしていましたら、一か月経ち、二か月経って、だんだんとみんなの顔つきが変わってきたんです。あるいは、私の知らないうちに、昔私が若いころに京セラの社員たちに向かって話している古いビデオなんかを引っ張り出してきて、自発的に私の経営哲学を勉強するなどして、だんだんと私が伝えたかったことが浸透していきました。

そのころからですね、そうやって幹部たちと議論をしたあとで、缶ビールでも飲もうかということになりまして。でも、もうつぶれた会社で、お金もありませんから、私がポケットマネーでもって、コンビニで缶ビールを買ってきてですね（笑い）。

瀬戸内　会社の中で宴会したの？

稲盛　はい、そうなんです。会議が終わってから、五十人ぐらいで、缶ビール片手にしゃべり始めたんです。そうすると、幹部の中でも一番インテリで威張っていたのが、私の目を見ながらこう言うんですね——いや会長、大変失礼ですが、子供に教えるようなことを会長から言われて、最初はそんなことぐらい知っていると思っていたんですけれども、ずうっと聞いているうちに、実は自分はなんにもわかっていなかったんだと気が付きました。たしかに子供のころに両親や先生に教わったことだったのに、社会に出て、歳をとって、偉くもなって、そんな当たり前のことはもう自分には関係ないことなんだと思うようになっていた。でも、言われてみれば、自分は人間としてまったく成長もしていなかったと思うし、もっと早く我々が会長が言うような話を聞いていたら、我々自身の人生も変わったかもしれない。ましてや、ＪＡＬもつぶれるようなことにはならなかったかもしれない。このような考え方、哲学は大変大事なことですから、明日また職場に帰ってから、二百人いる部下たちにも同じことを話してみようと思います——と言ってくれるようになりました。そうやって、どんどん意識改革の輪が広がっていったんですね。

瀬戸内　それにしても、今どきは社員を集めてみんなで宴会するというのも、珍しいんじゃないですか？

稲盛　実は夕べもやっていたんですが（笑い）。六時ぐらいから会議をやって、侃々《かんかん》諤々《がくがく》の議論をしたあと、八時ぐらいから缶ビールを開け始めるんです。今はだいたい一般の幹部社員から千円、役員は二千円の会費を集めて、コンビニで缶ビールやら柿の種やらを買ってきてやっています。時には彼らが今悩んでいたり、迷っていることを話して、それに対して私がアドバイスしたりもしています。

そんなことを続けていたら、もうみるみる業績が上がっていきました。

「目が覚めた」という社員が一人出てくれれば周囲に伝播する

瀬戸内　心の教育ですよね、稲盛さんがやっているのは。

稲盛　そうですね。会社をつぶすのも、会社を立て直すのも、やっぱり社員の心の持ち方次第だと思います。そこから「ガッツ」と言いますか、何としてもこのつぶれた会社を立て直してやろうという意志が出てくると思うんですね。しかもそれは、会社の上層部だけではなくて、末端の社員を含めた一人一人が、そういう気持ちにならないといけないんです。さらにそこに、人としての優しさや思いやりというものが加われば、鬼に金棒ですから。私自身、現場も回って、そういう話をずうっと説いて歩いているんです。

瀬戸内　整備工とかスチュワーデスさんとか？

稲盛　はい。整備工場に行ったら、いかにも効率の悪いことをしているので、こんな立派な設備を持っているのに何を文句を言っているのか、と叱りながら説いたりしたこともありました。

それから、キャビンアテンダントの女性たちも、みんなやっぱり美人が多いものですから、どうしてもプライドが高いんですね。だから、接客でも、決められたマニュアルを守っていれば、それでいいと考えている。それで、お願いですから、あなた自身の言葉で、あなた自身の気持ちで、きちんとお客さんに接してください、と話して歩いたんです。乗っていただいたお客さんに、あなたたちがどれだけ親切に振る舞うか。マニュアルどおりにやっていても、そこに心が込もっていなければ意味がありませんよ、というようなことを言って回りました。

ただし、キャビンアテンダントもたくさんの人数がいて、それぞれが一日に千キロもの距離を飛びまわっているので、全員を集めて話すことはとてもできません。ですから、四、五十人を集めて話をして、それをビデオに撮ってもらって、みんながフライトから戻ってきてから、そういったビデオを見てもらうといった形で進めました。そうしたら、今までそういうことをほんとに忘れていましたと泣き出すキャビンアテンダントもいました。ただ言われたとおりのマニュアルでやっていればいいと思ってました、といった反省が出てくる。目が覚めました、と言う人も出てくる。そういう人が一人でも出てくると、あとは周囲の同僚に伝播《でんぱ》するんです。それで、組織はどんどん変わっていきます。みんなが創意工夫しながら自分の職場を自分でよくしていこうとしますから。

瀬戸内　自分でちゃんと考えるようになるわけですね。

稲盛　細かいことでは、こちらから教えることもします。たとえば機内販売などは、製造業をやっている我々から見たら、ものすごく恵まれた販売環境なんですね。お客様は、目的地に着くまでの閉じられた空間の中で、じっくりと商品のカタログに目を通し、商品を選んでくれる。だからいい商品を、リーズナブルな値段で取り揃えて売れば、きっと売り上げも増えるはずだと伝えたら、彼女たちも興味を持ち出して、機内販売にも力を入れるようになってきています。

それは別に、ただ単にお金儲けをしようというのではなくて、お客様が喜ばれるような商売を無駄をなくしてやったら、お金は儲かるものなんです。それを今までは、マニュアルどおりの対応で、お客様のことなど考えずにやっていたものだから、売れるものも売れなかったんですね。

そういった一人一人の社員の細かい積み重ねがあって、最初に申し上げたように、今年（二〇一一年）三月末の決算では千八百億円を超える過去最高益を計上することができたわけなんです。

ビジネスの決断も「人間としてどうなのか」が基本

瀬戸内　じゃあ、もうＪＡＬは大丈夫なのね？

稲盛　いや、航空事業というのはほんとうに難しいものでして、それこそ、一つ事故が起きたら、大変なことになりますから、一瞬でも気が休まりません。それだけに、この仕事をするにあたっては、やっぱり損得というよりも、もっと人間としてどうなのかという問いかけがほんとうに大切だと思っています。

実は私が会長に着任した直後に、JALにとって大きな選択を迫られた問題がありました。今、世界中の航空会社はいくつかのグループに分かれまして、お互いに他国の航空会社と提携しています。航空業界では、それをアライアンスと呼んでおりますが、JALはそれまでアメリカの航空会社ではアメリカン航空と組んでいたんです。ところが日本政府、つまり国交省から、アメリカン航空ではなく、アメリカで一番強いデルタ航空と組んではどうかという話がきたんです。デルタ航空は、JALと組むためにかかるお金もたくさん出してくれると言っている。そうなれば、再建に向けた費用も軽減されるだろう、ということで、JALの社内でも九割ぐらいはアメリカンからデルタへの提携変更はやむなし、という流れになっていたようです。そこに私が着任したわけです。

ところが、幹部から話を聞いているうちに、日本政府の意向を知ったアメリカン航空から会長がじきじきに日本に飛んできまして、ぜひ今までのアライアンスのままでいてほしいというんですね。そう言われても、日本政府もＪＡＬの社内も、ほとんどデルタ航空で決まっていたので、どうしたものか、ということになりました。

よくよく考えてみますと、デルタ航空はＪＡＬと組まなくても今でも太平洋路線は非常に強い。もしＪＡＬがアメリカン航空を捨てて、デルタ航空に乗り換えたらどうなるか？　アメリカン航空は孤立無援になって太平洋路線は非常に弱くなってしまう。だからわざわざ会長以下そろって飛んできて、我々と今まで通りやってほしいと言っているわけです。それで、役員全員にそれを諮《はか》ったんです。たしかにデルタ航空を選ぶほうがソロバン勘定ではいいだろう。日本政府もそのほうがいいだろうと言うけれど、果たして人間としていかがなものか、と。

相手にはなんの落ち度もないのに、こちらの都合だけで、別の会社のほうが資金力があって助かるから乗り換える、ということでいいのか。さらにその結果、今まで長年にわたり提携してきた相手先は窮地に陥る。それで本当にいいのかどうか——。私は、まだ航空事業のことは素人だからよくわからないけれども、人間としてどうなのか、という観点からもう一回、役員みんなで提携先変更をするかどうかを考えてほしい。最終的に、どちらのほうに決めても、私はそれで承認します、その経営判断の責任も全部私が取りますから、思う存分、議論して結論を出してほしい、と。それで、改めて十日ほど議論させたんです。

結局、最終的に会議をしたら、半分以上の出席者が「いろいろ考えた結果、やっぱりアメリカン航空との関係をそのまま残したい」ということでした。商売の損得で考えたらデルタ航空がいいと思うけれども、「人間としてどうか？」と問われたら、アメリカン航空がいいというんですね。それで、デルタ航空との提携という話はなくなりました。

その結果をアメリカン航空の幹部に伝えましたら、大変喜んでくれまして、機会があれば、テキサス州ダラスにある本社に招待するのでぜひ来てほしい、と言われました。結局、決算や大震災があって、なかなか行けなかったんですが、ようやく今年（二〇一一年）の五月に行ってきました。そうしましたら、大歓迎を受けまして、「今まではつぶれてしまったＪＡＬを我々が助けてあげなくてはという気持ちでやってきたけれども、あなたの考え方に接して、我々も考え方を改めた」というんです。実際、これまでも、ＪＡＬからいろいろな部門の社員がアメリカン航空に派遣されて、いろいろと教えてもらっていたんですが、従来は〝遅れている日本の航空会社を自分たちが助けてやろう〟という感じだったのが、〝我々もＪＡＬに教わりたい〟と言ってもらえるようになった、と社員が感激して帰ってくるんです。

でもそれは、実際にＪＡＬが変わったからなんですね。ＪＡＬはたしかに倒産したわけですが、一年かけて事業を立て直して千八百億円の黒字を出すようになっています。それに対して、アメリカン航空のほうが今は赤字なんです。だから、どうやって再建できたのか、教えてほしいというんです。

瀬戸内　それはやっぱり、心の問題ですよね。

稲盛　そうなんだと思います。もうテクニックじゃなしに、三万二千人の社員の意識、考え方が変わったことによるものが一番大きいと思いますね。

社員がマニュアルではなく自分で考えて働き始めた

瀬戸内　先ほど、会社をつぶすのは人の心だとおっしゃいましたけど、今度の福島原発の事故や、その後の東京電力の対応などを見ていても、社員の心の問題は大きいですよね。稲盛さんは、今度の東電のことはどう見ているんですか。

稲盛　福島原発の件は、ほんとうに不幸な事故でしたが、今度のような想定外の事故が起きると、とりわけ経営者というのは、見るも無残なぐらいに周章狼狽《しゅうしょうろうばい》することになりますね。今回の報道で広く国民にも知られるようになりましたが、日本の電力会社というのは九電力、沖縄を入れると十社の電力会社があって、全て地域独占で運営されてきている。しかも発電だけでなく送電、つまり発電したものを電線でもって家庭や工場まで送るのも、一つの電力会社が地域独占でやっています。そこにはまったく競争がないんですね。

電気事業は、経産省の管轄ですが、競争がないわけですから、すべて原価を積み上げていって電気料金を決められる。たとえば原子力発電は他の発電方式と比較しても安いと宣伝していますが、原子力発電所を作る莫大な費用のみならず、そのＰＲ費用まで全て、原価に乗せている。幹部社員の高い給料も、全国各地にある立派な社員寮とか福利厚生施設も、ぜんぶ原価に乗せて電気料金を決めて、それを国民や企業は拒否することもできずに負担させられているわけです。それが明治以来ずっと続いてきた。そういう安逸《あんいつ》をむさぼったような組織で、緊張感のある経営をすることは難しいでしょうね。

瀬戸内　今回の事故で、その結果が全部出たのね。

稲盛　しかも、普段からなるべく余計なことは国民に知らせないようにもしてこられたのかもしれません。だから今回みたいな事態になってくると、慣れていないものだから、ただただ右往左往するだけと言いますか、何をどうしたらいいかわからなくなってしまったのではないですかね。

瀬戸内　やっぱり、傲慢なことをしていたら、必ずしっぺ返しが来るんですよ。JALも今は稲盛さんになってよくなったんでしょうけど、昔はずいぶんと威張っていましたからね（笑い）。

稲盛　実は、私もそう思っていたんです（笑い）。先日も、ある講演で「以前は私もJALが嫌いだった」と言って、新聞に大きく書かれてしまいました。それは、あまりにもプライドが高くて、傲慢さが目につくこともありましたし、実際、そうした態度に不快な思いをして別の航空会社を選ぶお客さんもいたようですから。私は、今はずいぶん変わったということを強調しようと思って言ったんですけれど、新聞には「嫌いだった」という一言だけを特別に大きく書かれて、大変困りました。

瀬戸内　実際、今はお客さんからの評判はよくなっているみたいですね。三月の大震災の時も、いち早く臨時便を出したのがＪＡＬだったという話を聞きました。

稲盛　そうなんです。海に近い仙台空港は、大津波にやられて、滑走路が水没する被害を受けましたが、その代わりに最寄りの空港ということで、被災翌日から山形空港への臨時便を出しました。しかもそれは、私や社長から指示が出されるよりも先に、現場の社員が自分たちで考えて、臨時便を飛ばす準備を進めたんです。東北新幹線もストップして、道路も寸断されている中で、人も物資もなかなか運べなかったですから、皆さんから感謝の言葉をいただきました。

また、仙台空港の現場でも、ＪＡＬの社員たちはほんとうによくやってくれました。お客様は津波を避けてターミナルビルの二階と三階に避難していましたが、もちろん空港の外に出ることもできない。そこで、うちの社員たちが必死で駆け回って、売店にあったパンやら何やらを配ったり、自分たちの毛布から何からを出してきて、子供さんや年配の方たちを守ってくれたというので、感謝の手紙がいっぱい来ました。

「お客様のために」「困っている誰かのために」「自分たちができることをやろう」という強い思いでＪＡＬの社員たちの心が一つになって、皆さんから感謝の言葉をいただけるような仕事ができた。そのことを、私は、ほんとうに誇りに思っています。

一方で、震災の影響で、海外から来るお客様の数が激減したり、国内線の需要も一時は大きく落ち込んだりしました。それでも、震災前までに路線別の採算を担当責任者がこまめにチェックする体制を整えておいたおかげで、減便や運航スケジュールの調整にも、迅速かつ柔軟に対応できました。そういった点でも、ただマニュアルに頼ったり、〝指示待ち族〟になるのではなく、一人一人の社員が、自分の頭で考えて、行動するようになってきているんだと思います。

今は、少しでも出費を削って、需要の回復を待つしかありませんから、そうした細やかな対応が大事になってきます。

瀬戸内　一年前につぶれた会社とは思えませんね。

稲盛　ですから、最初に申し上げましたことの繰り返しになるかもしれませんが、私は、一年前にJALが倒産してそこから這い上がっていくのと、今、震災で苦しんでおられる方たちが立ち直ろうとしているのと、その悲しみの大きさやご苦労の度合いは全然違いますけれども、再建に向けた過程は重なるのではないかと思っています。震災復興にあたって、国は当然、復旧計画を立てて、お金を出したり予算を組んだり、いろいろ策を講じていますけれども、そういう予算とか構想とか方策ということ以上に大切なのは、やっぱり被災者の方々の気力と言いますか、心の持ち方と言いますか、そういったことがほんとうに大事なのではないかと思います。

ＪＡＬの再建は、結果や数字ももちろん重要ですが、なによりも社員がお客様のために働くということの意味をもう一度考え直し、もう一回、自分たちでやり直そうと本気で思ったからできたことだというのが、私の一つの結論なんです。

瀬戸内　結局、最後は気力ですよね。そういう気力が湧いてくるかどうかが大事なんでしょうね。

第六章

「天寿」と「あの世」の話

―「生老病死」の四苦とどう付き合うか―

生きとし生けるものは必ず死を迎える。
その過程で、病を得て、老いを経験し、確実に死へと向かっていく。
この「生老病死」を、仏教では「四苦」として、
人間の根源的な苦悩としている。
心穏やかに「あの世」へ行くにはどうしたらよいのか？
二人の知恵が明かされる。

「諸行無常」だから、震災後の日本にもいいことが起きる

稲盛　最初に寂聴さんから、苦しみや悲しみ、矛盾だらけの世の中を指して、お釈迦様は「この世は苦だ」とおっしゃったという話がありましたが、寂聴さんご自身、それこそ震災前の半年間は、腰の痛みで大変に苦しまれていたわけですよね。

瀬戸内　最初は痛くて痛くて、いよいよ駄目かと思いました。でも、死のうとは思わなかったの。何となくね、こんなんではまだ死なないなと思っていました。それと、今度かかったお医者さんがすごくいい先生で、なーんにもしてくれなかったの（笑い）。ただ、MRI（磁気共鳴映像法）の検査だけして、これは脊髄の圧迫骨折に違いないから、安静にしていればだいたい半年ぐらいで治りますよって。そうしたら、大震災が起きて、〝原発ショック〟があって、ちょうど半年ぐらいしてから、お医者さんが言ったとおりに治りました。いつも私は「諸行無常」と言ってきましたけれども、自分の体のことだって、そのとおりでしたね。ほんとうにいいことも悪いことも続かない。常に変わるんです。

もし自分の身にいいことばかりが続く時は、「こんなことは続かない、今度はきっと何か悪いことが起こるぞ」って覚悟しなきゃいけないんです。逆に、何をやっても駄目な時は、もしかしたら、このあとはいいことがあるはずだ、と思っていればいいんです。どん底まで落ちたら、そこは底なんだから、あとは上がるしかないですからね。

日本だって、そうじゃないですか。経済もずっと悪くて、全然いいことがなかったところに、今回の震災が起きて、被災地の東北を中心に、国難と言われるような状況になりましたよね。それでみんなが暗くなっていたら、三年前にいったん審査に落ちた平泉の中尊寺が世界文化遺産として認められたじゃないですか。私は自分が出家したお寺でもあったので、二重に嬉しかったですけれども、東北のお寺が世界から価値があると評価されたのは誇るべきことだと思います。そうかと思えば、そのすぐあとには、女子のサッカーで「なでしこジャパン」がアメリカを破って世界一になりましたよね。やっぱり、そういった明るいニュースが流れると、ちょっとほっとしましたでしょう?

稲盛　ええ。しかも、なでしこジャパンは、実力的にはアメリカのほうが断然上だと言われていましたからね。見ていても、アメリカの選手たちは上背《うわぜい》もあるし技量もある。それを、あの体の小さな日本の選手たちが、ほんとうに最後まであきらめずに走りまわって勝ったんですから。彼女たちの気力というか、最後まであきらめない姿勢は、被災後の日本人に対して、すごく大きなメッセージになりましたよね。

瀬戸内　今度、彼女たちが次の五輪で負けたって、もうそんなことは、どうでもいいんですよ。絶対無理だと思っていた夢だって、あきらめずに努力すれば叶うということを教えてくれたんですから。

そうやって、物事は全部、変わっていくんです。

私だって、ひょっとしたら、ずっと腰を悪くしたまま死んでしまっていたかもしれない。それも諸行無常、変わることですからね。それに、そこで死んでしまったほうが、腰の痛みに耐えているよりも楽かもしれないでしょう？　禍福はあざなえる縄のごとし、人生にはいいことも悪いこともおんなじぐらいあるのよ。

「歳をとるほど生きづらい…」日本人は長生きしすぎる

瀬戸内　日本は長寿天国だって言いますけど、老人は、あんまり長生きしないほうがいいですよ。こんなに長生きしている私が言うのもなんですが（笑い）、日本の年寄りは、ちょっと長生きしすぎるような気がしますね。せめて、自分で自分のことができる年寄りでいたいですね。若い人たちのお世話になって、何から何までしてもらって、それで、お医者さんがいつまでもいつまでも生かしておくっていうのは、ちょっと考えもののような気がしませんか？　あなた、人生八十年――人間ね、九十歳まで生きたら、もう飽き飽きするわよ（笑い）。稲盛さんみたいに七十八、九ぐらいなら、まだもうちょっと生きたいと思うかもしれませんけどね。

それで、いま介護の問題が大変でしょう？　みんなが長生きするから、介護せざるを得ない。でも、家で介護できないから、どこかの施設に入れるでしょう？　そしたらまた、入れたら入れっぱなしで……。それこそ、家族が寄りつかないっていうのもかわいそうですけどね。でも、私はもう、自分の息子や娘が来たこともわからなくなって、あなたはどなたですかなんて聞くようになってまで生きていてもしょうがないような気がするんだけど。

稲盛　今のお話で言いますと、私も家内とテレビを見ていますと、よくそういった介護の番組などがありますね。それで、長生きしたら、かえって悲惨かもしれないと思うわけです。だから、最後はいつも「おまえは俺より早く逝くなよ」「いいえ、あなたのほうが長生きしてください」なんて言い合いになる（笑い）。ほんとにもう老後という問題は大変なことですね。これはもう、個人の問題だけではなく、国家としても大変なお金がかかりましょうし、大きな問題だと思いますね。

瀬戸内　だから今、就職するなら介護の仕事がいい、なんて風潮が出てきているでしょう？　介護の仕事ができれば食いっぱぐれがないから。それで、学校に入って介護の勉強をする人たちもどんどん増えています。それはそれで大切なことですし、社会的に求められていることでもあるんですけど、介護する人がどんどん増えて、誰でも長生きできるようにいろいろと便利になっていくというのも考えものだと思うんですよ。もちろん、「姥《うば》捨て山」みたいに、年寄りに早く死になさいっていう感じになってはいけませんよ。でも、年寄りもいつまでも長生きしていれば幸せっていうこともないんじゃないかしらね？　歳をとればとるほど、体が不自由になって、生きるのがつらくなってくるんですから。だから私は、ほどほどがいいと思うんだけど。

稲盛　健康というものはとても大切ですし、長寿は喜ばしいことではありますけれども、たしかに寂聴さんがおっしゃるように、単に長生きすること自体が必ずしも善というわけではないかもしれませんね。

そもそも、その人その人の寿命というのは、幸せか不幸せかということとは関係ないんじゃないかと思うんですよ。寿命というものは、それはもう何かよくわかりませんけれども、運命の中で決まっているものだろうと思いますね。ですから、長生きしたからそれでいいということではないですし、長生きして、非常に辛酸をなめる方もいくらでもおられるわけですからね。ですから、良いことをして長生きをしようというんじゃなくて、やっぱり最終的には、自分の心が穏やかにいられるかどうかということが大事なのではないかと思います。

だんだん歳をとってくると、死を身近に感じるようになります。そうすると「健康でいること」「長生きすること」が人生の目的のようになってしまう。しかし、自分が「健康でいること」が目的になると、「自分だけがよければいい」と、やっぱり「利己」につながってしまいます。

瀬戸内　まずは働ける人間が必要なんですからね。年寄りが寝たきりになってもう何もできなくなると、病院でよく流動食みたいに、くちゃくちゃにしたものを食べさせるでしょう、小鳥みたいに？　それはそれで、かわいそうな気持ちがするんですよ。生きてることにならないと思う。

稲盛　私は、十五年ほど前に、胃がんの手術をしています。そのときも家内と事前に相談したのは、手術をしてみて、もしもう自然に食べられなくなったらそれで死んでいいと。自分ではもう食べられなくなっているのに、いろんな難しい延命治療を施されて、体から機械をいっぱい下げたりするようなことだけはやめような、と話し合ったんです。結局、その手術で胃の三分の二をとって退院したあとに、得度するためにお寺に入りました。その後、なんとか回復して、今に至っています。

瀬戸内　私もこの歳で、お金のかかる延命治療してもしょうがないですから（笑い）、「リビング・ウィル」（医学的に回復不能と診断された場合に延命治療をせずに死を迎える尊厳死の宣言書）にも入ってますよ。ひとり二千円で、夫婦で入ったって三千円、安いものです。

私は、もう死に方も決めているんですよ。生かされているうちは生きますけれども、いざという時には断食《だんじき》するつもりなんです。断食したら、それはもうある時にぱっと死ねますからね。食べなきゃいいんですよ。

私がこんなに元気で、いつまでも憎まれ口をきいていたら、もう周りの人たちが嫌になるでしょ（笑い）。だから、ああ、惜しいわね、あの寂聴さんも死んじゃったのね、っていうふうに言われるうちに私は死にたいの（笑い）。

大きな病気にならずに済んでいるのは「守られているから」

瀬戸内　それにしても稲盛さんは、今でも人の倍も働いているでしょう？　病気とか体の調子は大丈夫なんですか？

稲盛　ＪＡＬの仕事を始めてから、やっぱりものすごく神経を使うことが多くなりましたし、腹が立てばテンションも上がるので、えらいストレスがたまります。そのせいか、長いことやめていた煙草を、最近また吸い始めましてね（苦笑）。

先ほども申し上げましたように、ＪＡＬのほうは、最初は週三日という約束で始めたんですが、結局今は京都を月曜日に出て、平日はずっと東京におりまして、週末だけ京都の自宅に帰るという生活を続けています。帰宅する時には、いつも疲労困憊《こんぱい》という状態で、体力的には、もうほんとうに限界まで来ていると思うんですが……。

それで、自宅に帰ってきても煙草を吸うようになったものですから、家内がびっくりしまして、「あなた、なんでまた煙草なんか吸い始めたの」って聞いてきたんです。「ストレスで死ぬよりは、まだ煙草で死んだほうがいいだろう？」と言い返しましたら、私の気持ちを理解してくれたみたいで、だんだん灰皿もスムーズに出てくるようになりました（笑い）。それでも幸いなことに、ここ最近は、それほど大きな病気をせずに済んでいます。

瀬戸内　それはきっと、神様や仏様に守られているんですよ。稲盛さんがやっていらっしゃる仕事は、どれも自分のためじゃないでしょう？　稲盛さんは、自分がお金を儲けようと思う時期はもうとっくに過ぎているじゃないですか、もう十分、持っているんだから（笑い）。それで、無給で日航の会長を引き受けるなんて、まったく世のため人のためにやっていることだから、そういう人のことを、神様仏様はちゃんと守ってくれているんですよ。

稲盛　そうかもしれませんね。寂聴さんにそう言われると、ほんとうに守られているような実感が湧いてきます（笑い）。

瀬戸内　私自身、腰が痛くてほんとうに困ったと思っていたら、うちのお手伝いさんたちが「庵主は、今まで忙しく働いてきたから、きっと観音様がここらへんでちょっと休ませたほうがいいと思われたんですよ。だから、ちょうどいい機会ですから、ゆっくり休んだらいかがですか」なんて言ってくれたんですよ。それで、それもそうかと思ったんですけど、やっぱりちょっと悔しいから「観音様、どうせなら、もうちょっと痛くない病気で休ませてください」って言ったの（笑い）。「なんで、こんな痛い目に遭わせるの！」って（笑い）。でも結局、そんなふうだから、寝たきりになるぐらい痛くしないと、私を休ませられないと思ったのかもしれない。

それにしても、そんなに疲れやストレスを抱えていたら、いったいいつ心が休まるんですか？　やっぱりお酒を飲んだりした時？

稲盛　いや、今は飲む時も、仕事の話をしていることが多いものですから、お酒を飲んで気持ちが安らぐっていうこともあんまりありませんね。やっぱり、安らぐのは寝た時ぐらいですかね……。

実は、寝ようとして、まだ眠りにつく前に、ふと「お母さん」という言葉が口をついて出てくることがあるんです。私はもう八十前で、こんな歳になって母親のことを呼ぶなんて恥ずかしいことだと思うんですが、自分でも意識しないうちに、つい「お母さん」と言っているんですよ。これって、亡くなった母親に助けを求めているんでしょうかね。

瀬戸内　お母さんって、奥さんのことじゃないの？

稲盛　いや、違うんです（笑い）。実の母親に呼び掛けているんです。母に、何かを頼もうと思っているんでしょうかね？　あとの言葉は出ないんですけど、気がつくと声に出して、そう呼びかけているんです。なんかやっぱり、助けを求めているような感じなんですね。

瀬戸内　じゃあ、ほんとにお母さんのことが大好きだったのね？

稲盛　まあ、甘えん坊のお母さん子だったんでしょうね。末っ子というわけでもなく、七人兄妹の二番目ですから、下にはまだ妹やら弟やらいっぱい子供がいたんですが……。

うちの親父は、先にもお話ししたように、鹿児島で印刷屋をやっていたんですよ。

従業員もいっぱいいて、印刷機械が一日中ガーッと動いているような町工場でした。それで、おふくろも、従業員さんと一緒になって工場で働いていて、私なんかは小学校に行く前のころは、もうおふくろの後ばっかりついて回るわけですよ。おふくろの着物の裾をつかんでですね。で、おふくろが、「もう、この子ったら、いい加減にしなさい」とか言って私の手を振り払おうとするんですけれども、それでもついていって。どこに行くにもついてくるって言われて、よく怒られておりました（笑い）。

瀬戸内　それはもう、お母さんも可愛かったでしょうねえ。

稲盛　いやあ、下には妹もいるのに、まったく情けない話ですが、まあ、よっぽど甘えん坊だったんでしょうね。

瀬戸内　……わかった。だから今、お母さんが稲盛さんのことを守ってくれているんですよ。さっき、稲盛さんを守ってくれているのは、神様仏様だと言いましたけど、それだけじゃなくて、稲盛さんのお母さんがついてくれているのね。

稲盛　ああ、なるほど。そうかもしれないですね。

「寂聴極楽ツアー」なら「あの世」に行くのも怖くない

瀬戸内　そんなことを言うと、「死んだ人間がどうやって生きている人を守れるんですか？　人間も動物も、死んだら無になるんでしょう？」なんて聞いてくる人が必ずいるのね。でも、私はこのごろますます信じるようになったんだけど、やっぱり人間は、肉体が滅んでも、魂は残っているって感じます。死んでしまったら何もなくなるなんて、そんなことは絶対にないですよ。

稲盛　ないと思いますね、私も。そもそも、自分自身を思っても、「肉体だけが自分なのか」と考えてみれば、誰しも違うと思うんじゃないですかね。脳がある肉体だけが自分であり、自分を決定している要素はすべて科学的に説明される、というふうには考えにくいんです。科学的には、たしかに六十兆個の細胞から成っている肉体というものがあって、その中の脳細胞が働くことで、思考したり感情を左右したりしているわけですが、そこにはやはり「魂」というものが作用して、いろいろな活動をしているんだと思うんです。魂と肉体とが一緒になっているから「私」というものがある

被災地にある野田小学校を訪ねた瀬戸内氏。元気な子供たちと記念撮影して、「みんな、ほんとうに素直で頼もしい。きっと日本を背負ってくれるわね。私も安心して死ねますよ（笑い）」。

んだというふうに、どうしても思わざるを得ないんですね。

仏教では「輪廻転生《りんねてんしょう》」ということを言いますけれども、それもやはり、人間の肉体は滅びるけれども、魂は残っていくんだということを前提にしています。対談の最初のほうで申し上げましたが、今回の震災で亡くなられた被災者の方々の魂も、あの世では阿弥陀如来の下でやさしく迎えてもらっているんじゃないかと思うんです。

そういうことがあるとしか思えないんです。私の場合は、若いころから宗教心があったものですから、どうしても「魂と肉体というものが同居しているのが人間だ」と、ずっと考えていたからかもしれません。魂と肉体とが一緒に成っているから私というのがあるんだと。

そういう考えですから、実は、私は死というものがそんなに怖くないんですよ。肉体は滅びるけれども、魂は新しい旅立ちをする。それが死だと思っているので。

瀬戸内　私も死は怖くない。それは、仏教に帰依して、仏様に自分を投げ出しているから、何があっても怖くないんです。

死ぬのは怖くないけど、よく「地獄はありますか」「極楽はありますか」って聞かれるんですよね。「死んだらほんとうはどうなるんですか」とも、よく聞かれるの。

だから「私は、たいていの悪いこともいいこともしてきたけど、残念ながらまだ一度も死んだことがないからね（笑い）、ほんとにあの世があるかないかはわからないのよ」って言うんです。だけれども、私は仏教を信じていて、仏教というのはあの世があるという思想でできているものだから、「やっぱりあるんじゃないの」って言う。それで、「どうせ私が先に死ぬんだから、その時はもっと文化が発達して、あの世とこの世でメールなんかができるようになっているかもしれないから、死んだらあなたにもメールで教えてあげますよ」って、そう言うの（笑い）。

稲盛　楽しそうですね。

瀬戸内　ただ、もしあの世が極楽と地獄に分かれているなら、私は稲盛さんと違って、悪いこともいっぱいしていますから、間違いなく地獄に行くだろうと思うのね。でも、それでいいの。私は、間違っても極楽なんて行きたくないもの。だって退屈よ、あんなところは（笑い）。年がら年中、いつでも花が咲いていて、食べるものもあって、着るものの心配をしなくてよくてって……そんなところ、退屈じゃないですか。やっぱり、今日はどんな恐い鬼が来るかなって考えているほうが緊張するじゃない？

稲盛　それはすごいな（笑い）。

瀬戸内　昔は、三途《さんず》の川があって、そこを、ぎっちら、おっちら、小さな渡し船で行くことになっていましたよね。それで、死んだ人には全部白い着物を着せて、頭陀袋《ずだ》を首にかけさせて、その中に親類中の人が集まって偽金《にせがね》をつくって入れる。それが三途の川を渡る渡し賃だって言っていたわけでしょう？　でも、今はこんなに人口が増えて、毎日こんなにたくさんの人が死んでいるんだから、あんな渡し船じゃ間に合わないのよ。「だから今はフェリーで行くのよ」って法話の時に私が言ったら、みんながわはははーっと笑うのね。それで、「じゃあ今度、『寂聴極楽ツアー』を組むから、一緒に行かない？」って言うと、またわはははーって笑うの。だから、その晩は歓迎パーティよね。

稲盛　いやあ、寂聴さんの「極楽ツアー」とか「地獄ツアー」っていうのがあったら、ほんとうに面白いでしょうね（笑い）。

瀬戸内　そしたら、その法話を聞いていたある高齢のご婦人が、「私の連れ合いは三十年前に死にました」って言いだしたの。それで、「私もその時はまだ若かったけど、三十年も経って、今から極楽ツアーであの世に行っても、主人は私のことをわかるでしょうか？」って言う。ご主人が、間違って誰か別の女の人のところに行くんじゃないかしらって心配しているのね。だから、「あの世では、姿かたちはなくて、魂だけの世界だから、ちゃんとご主人はあなたのところにぱっと飛んできますよ、隣の奥さんのところへなんか行きませんから安心してください」って言ってあげました（笑い）。

稲盛 いや、寂聴さんのあの世の話は、ほんとうに面白い。そのような気概をもって、あの世だけでなく、この現世を過ごせば、一人一人の人生も、また、この日本ももっと素晴らしいものになっていくのでしょう。

あとがき

作家・僧侶
瀬戸内寂聴

あの恐ろしい東日本の大震災、大津波の災害につづき、福島原発事故の発生と、今年（二〇一一年）は春から実に未曾有というべき大災害に見舞われた。

私はたまたま、昨年暮から背骨の圧迫骨折という病気になり、十一月から半年、寝たきりの療養生活を強いられていた。ベッドで見たテレビで災害を知り、居ても立ってもいられない焦燥にかられたが、体が動かないので如何ともし難かった。

六月から、どうにか杖にすがってよたよた歩けるようになり、東北の被災地を見舞うようになった。

実際に被災地に立ってみると、それはテレビや雑誌のグラビアで見ていたのとは比べものにならない悲惨さであった。

多くの犠牲者の「代受苦」のおかげで、今の自分の平穏な生活があると知らされた。

そんな慌しい日常の中で、稲盛和夫さんとの対談が、何度かつづけられた。

何しろ、実業家として日本の最先端に立ち活躍を強いられている稲盛さんに、対談の時間をとってもらうことは、奇跡に近い難事である。かくいう私も、忙しさにかけては、稲盛さんにひけをとらない人間である。半年寝込む前は、東奔西走、居所が毎日変っている有様であった。数え九十歳の卒寿のおばあさんで、こんなにきりきり舞して働いている人間は、そうはいないだろう。

忙しいという字は、心を亡《うしな》うと書く。私は自分の多忙さを反省するたび、心を失ってはいないかと、改めて自分の心をのぞきこむ。そんな中で、稲盛さんに逢って何時間も浮世の外に出て、忌憚《きたん》なく話しあうのは、唯一恵まれた喜びの時間であった。

それでもなかなかお互いの時間の調整がつかず、七夕さまより逢瀬の機会は得難かった。

そうしてやっと、対談出来たものが今度本になった。

私は日頃、稲盛さんを心から尊敬申しあげている。稲盛さんの働きぶりの中に、私利私欲のかげは見えず、社会のためによかれと励まれるお仕事がすべていい実を結んでいるように見える。そして利益は惜し気もなく社会に還元している。

こんなことを易々とすがすがしく出来る人間は、めったにいるものではない。いつ会って話しても、稲盛さんは明朗闊達である。

稲盛さんが出家なさり、禅僧としての凛々しい姿ではじめて寂庵を訪れて下さった日の感激を私は忘れてはいない。なぜ出家したかなど、私は訊かなくても理解出来ていた。禅の背骨が通っているため、その後、どんな局面にも稲盛さんは堂々として、自分の本分を貫いていらっしゃるのだと思う。

震災や原発の災害を、私たちは一年が過ぎようが二年が過ぎようが、決して風化させてはならない。被災地の人々が、一日も早く元のような日常生活にもどれることを祈りつづけ、そのために自分の手助けを惜しまないようにしなければならない。この本が、そういう時、少しでも読者の心にささやかな灯をともしてくれることを祈っている。

被災者の皆々様の御健康を心よりお祈り申しあげながら。

二〇一一年十一月

解説

阿川佐和子（作家・エッセイスト）

なんだろう、この感覚は。まるではるか天上の蓮《はす》の葉の上にほっこり腰をかけ、ときにケラケラと笑い声を立て、ときに意見の違いを楽しみながら、なごやかに語り合う高僧二人の会話を盗み聞きしたような気持がする。すべてを聞き終え、いや読み終えて、私は今、心穏やかにお二人の言葉の一つ一つを噛みしめている。

「まえがき」と「あとがき」の両方に断りがあったとおり、この対談が東日本大震災の記憶も鮮やかな頃に行われたことは、その内容に深く影響を及ぼしたに間違いない。が、その時期いかんによらずとも、たとえ震災以前にまとめられたものであったとしても、読者は本書からどれほどの教訓と共感と、そしてなぐさめを得られることか。「そうだそうだ」や「なるほど」や「そうだったのか」などのさまざまな相づちを打ちながら、やがて気づくのである。人間とはなんと愚かで浅はかで、図に乗りやすく脆弱《ぜいじゃく》な存在であることか。しかしそのダメな我々も、ほんのささやかな「気づき」によって、いつでもどこでも、どんな状況にあろうとも、変わることができる。意識の置きどころ次第でいくらでも豊かな心を持ちうるのだと、ページをめくればめくるほどに力づけられ、胸が熱くなり、「よし、やるぞ」という気持にさせられる。この静かながら軽やかな、かつ熱のこもったお二人の語りが、呼吸も自信も肝っ玉も縮こまっている今の日本人にどれほどの「喝」を与えてくれることだろう。

かつて私はさる学者に諭されたことがある。その人は人間の脳の研究をしておられ、男女の違い、本能やフェロモンなどについて興味深い話をたくさんしてくださった。そのなかで学者は、「生殖の役割を終えてなお長生きをする生物は人間以外にほとんどいない」とのたまわれた。たいていの生物は子供や卵を作る役割を終えるとまもなく死ぬ。資源（食べ物や酸素や環境）

を無駄に消費して長生きすることは、同胞の迷惑となるからだ。しかし人間は子供を産み育てたのちも長く生きる。なぜなのか。生殖の役割すら果たさずに無駄に長生きしている私は急に肩身が狭くなった。

「悪うございましたね」

半ば拗《すね》ねながらも謝ると、学者氏は、

「いや、だから人間が長生きをするのには理由があるんです。役割が残っているんですよ。別にアガワさんに早く死ねって言ってるわけじゃないですから」

役割？

「つまり、長く生きただけの経験や、その間に身につけた知恵知識を次の世代に伝えるという使命です。そのために人間は、子供を産み育てた後も生き続けるのです」

瀬戸内さんと稲盛さんを長老呼ばわりするのは失礼ながら、まさにお二人の会話の内容は、次の世代が受け継ぐべき知恵に溢れている。人から授かり、あるいは書物などから得た先人の言葉の数々のみならず、それらの言葉を裏付けするかのようなご自身の体験、迷いや失敗や、回復の喜び。それらが交じり合い、読む者の心をつかむ。型通りの励ましではない。数字やグラフには決して表れない。合理主義的分析の結果でもない。お二人の心と身体を、まるで血液や細胞と同じように長きにわたって循環し、凝縮したり薄まったり流れたり留まったりしながら、そしてのち、外界に発せられた醸造物である。

個人的なことを申し上げれば、私はお二人にそれぞれ、インタビューをしたことがある。稲盛さんには、日本航空の会長となられて二年後、誰もが驚愕するほどのみごとな再建を果たされてホッとひと安心なさった頃、近々名誉会長に退かれるというタイミングにお会いした。稲盛さんの魔法の杖は、いったいどんな仕掛けになっているのか。何をしてこれほどのスピーディな企業再生を果たすことができたのか。伺うと、極めて明快に、ドカンと迫力のある語気とともに、

「意識改革です」

倒産したとはいえ、政府の支援によって飛行機は相変わらず飛び続け、通

常業務は行われている。おぼろげな先への不安を抱えつつも職を失ったわけではない社員たちに、当初、自社が倒産したという実感はなかったという。そういう社員を稲盛さんは一喝された。

「普通の経営者は物事を判断する場合、損得で考える。でも私の考えはそうじゃない。損得ではなくて、善悪で判断しなけりゃならんのです」

善悪で判断するためには、立派な人間性を持っていなければならない。経営者は、経営の能にたける以前に、人間として素晴らしくなくてはならんと思っていると。加えて稲盛さんは私に向かい、

「株式会社って、誰のものだと思いますか」と問われた。私がつい、「株主……?」と答えると、

「商法上はそうですが、私はそう思っていません。京セラ時代から、会社は社員とその家族のものだと言い続けてきた。彼らの物心両面の幸せを追求することこそ、会社を経営する目的です。株主のことも政府のことも考える必要はない。社員が幸せになればおのずと会社にも株主にもいい結果が生まれます」

若き日にどん底で苦しんだとしても、苦労を重ね、年を経て、経済的にも立場的にも上昇し、人生の成功者の仲間入りをする頃になると、初心は薄らぐのが人間の常だと思うのだが、稲盛さんは違う。稲盛さんの信念は、たとえどれほど偉くなろうと裕福になろうとも、数多くの部下を従えようとも、ぶれることがない。自分に溺れることを嫌う方なのだ。いつご機嫌を損ねるか心配になるような厳しいお顔立ちに緊張しつつ、そのお心の誠実さに触れて、私は対談中、たびたび目頭が熱くなった。

いっぽう瀬戸内さんとは一度ならず何度もお会いしたことがある。いつもニコニコ、声も物腰も温かく、でもときおり、その優しさに満ちた口元から、ぎくっとするほど鋭い言葉が発せられる。私は瀬戸内さんの何気ない一言に、何度もハッとさせられた経験がある。

二十年以上前、京都の寂庵に伺ったときもそうだった。当時、出演していたニュース番組の取材で筑紫哲也さんと並んで和室に正座し、収録の前のひとときき、なにということもなく世間話をしていた折、突然、瀬戸内さんがニコニコ顔で私に声をかけられた。

「まあ、あなた、恵まれていますよ。あなたがそこに座っているだけで、どれほどたくさんの人が嫉妬してますか」

一瞬、何を叱られたのかと驚いた。なぜ私が嫉妬されなければならないのか。なにか悪いことでもしたのだろうか。

「いやあ……、はあ……」

曖昧に応えて、それだけでその場は終わったが、瀬戸内さんの言葉がずっとのちまで私の心に引っかかったまま離れなかった。そして、あるとき気づいたのである。

「たしかに私は恵まれている。嫉妬されても無理はない。そのことをよく自覚しておかなければいかんぞ」

その頃、私は他人に嫉妬されるほどの立場にいるという自覚がまるっきりなかった。まあ、今よりははるかに肌はピチピチしていただろうし、殿方にまったく無視されるほどモテなかったわけではない。でも、長年、夢見ていた結婚は果たせぬまま、お見合いの話は激減し、恋する相手は見つからず、ひたすら年を食っていく。仕事にはそこそこ恵まれているけれど、報道の仕事は何年やっても上達せず、怒られてばかりの日々である。インタビューの仕事も原稿を書く仕事も苦手で、面白いと思ったことはめったにない。あーあ、いったいいつになったら私は幸せになれるのだろう。そもそも私に才能と呼べるものがあるのだろうか。つまらない女のまま、おばあちゃんになっちゃうのかしら。

瀬戸内さんの前でそんな心の憂さを吐露したわけではない。それなのに、瀬戸内さんは私の顔を見て、察知なさったのだ。

「贅沢ですよ。世の中にはもっと苦しんでいる人がいっぱいいるのよ。今の生活をありがたいと思いなさい！」

なぜかいつも、そんな具合なのである。お会いして、しばらくたわいのないおしゃべりをしてケラケラ笑って、お別れしてから、気づくのだ。そうだ、私はなんと恵まれているのだろうかと。

瀬戸内さんのニコニコチクリも稲盛さんの明快ドカンも、今は私の心の中の引き出しに、大切な宝物としてしまってある。いつの日か（って、しょっちゅうなのですが）、落ち込んだり人を羨んだり元気を失ったりしたときに取り出して、ちょちょっと頭からふりかけてみる。そうすればたちまち気持は軽くなり、思わず笑いがこみ上げてくるだろう。この本に鏤《まと》められた大事な言葉の数々も、新たな引き出しにしまいましょう。そして、私は仏教に対して深い信心はないけれど、いつか極楽へ行くことが叶ったなら、蓮の葉の上に座り、お先においでの（だと思いますが）お二人のおしゃべりの続きを盗み聞いてみたいものである。

瀬戸内寂聴（せとうち・じゃくちょう）

1922年徳島県生まれ。作家・僧侶。57年『女子大生・曲愛玲』で新潮社同人雑誌賞。61年『田村俊子』で田村俊子賞。63年『夏の終り』で女流文学賞。73年に岩手・中尊寺で得度。87年より天台寺住職に就任し、無料の青空説法を始める（2005年以降、名誉住職）。92年『花に問え』で谷崎潤一郎賞。96年『白道』で芸術選奨文部大臣賞。98年『現代語訳源氏物語』を完成。2001年『場所』で野間文芸賞。06年に文化勲章、国際ノニーノ賞。08年に坂口安吾賞受賞。他の著書に『花芯』『美は乱調にあり』『寂聴あおぞら説法』『秘花』『奇縁まんだら』『寂聴辻説法』『風景』『生ききる。』『烈しい生と美しい死を』『爛』『いのち』『今を生きるあなたへ』『その日まで』『あこがれ』など。2021年11月9日死去。享年99。

（61、82、83ページ）盛和塾、（14、129ページ）太田真三、（141ページ）菅野勝男

稲盛和夫（いなもり・かずお）

１９３２年鹿児島県生まれ。経営者。59年に京都セラミック（現・京セラ）を設立。社長、会長を経て、97年より名誉会長を務める。84年に第二電電（現・ＫＤＤＩ）を設立し、会長に就任。２００１年より最高顧問。２０１０年に日本航空（ＪＡＬ）会長に就任し、再建を果たす。名誉会長を経て、15年より名誉顧問。このほか、１９８４年に稲盛財団を設立し、「京都賞」を創設。毎年、人類社会の進歩発展に功績のあった人々を顕彰している。また、経営塾「盛和塾」の塾長として、経営者の育成に心血を注いだ。97年に京都・円福寺で得度。主な著書に、『心を高める、経営を伸ばす』『人生と経営』『ガキの自叙伝』『生き方』『人生の王道』『働き方』『燃える闘魂』などがある。２０２２年8月24日死去。享年90。

取材・構成協力／石坂晴海　写真撮影・提供／（27、102〜103、216ページ）斉藤ユーリ、

―――本書のプロフィール―――

本書は二〇一一年十二月に小学館より刊行された同名の単行本に解説を加え、文庫化したものです。

小学館文庫

利他《りた》 人《ひと》は人《ひと》のために生《い》きる

著者 瀬戸内《せとうち》 寂聴《じゃくちょう》
稲盛《いなもり》 和夫《かずお》

二〇一四年三月十一日 初版第一刷発行
二〇二二年十月三十日 第二刷発行

発行人 三井直也
発行所 株式会社 小学館
〒一〇一-八〇〇一
東京都千代田区一ツ橋二-三-一
電話 編集〇三-三二三〇-五九六五
販売〇三-五二八一-三五五五
印刷所――――大日本印刷株式会社

ISBN978-4-09-406031-7